또 여기인가

또 여기인가

またここか

사카모토 유지

坂元裕二

이홍이 옮김
이도희 그림

〈또 여기인가〉는 LG아트센터 서울, 스튜디오에서
2025년 12월 4일에 낭독공연되었다.
낭독공연의 창작진 및 참여배우는 다음과 같다

작　　　　　　사카모토 유지
번역　　　　　　이홍이
연출　　　　　　김정
주최·주관　　　　LG아트센터

캐스트
지카스기 유타로　　김정화
네모리 마코토　　　박경주
다카라이 나루미　　한현진
시메노 가요코　　　오남영

일러두기
- 본문 하단의 주는 옮긴이 주다.

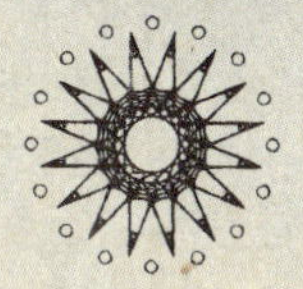

이 희곡은 한 친구의 의뢰를 받고 2018년에 집필한 작품입니다. 20대 시절부터 함께해 온 그 친구는 배우였지만, 같이 일을 한 적은 없었습니다. 일로 만나면 우리의 우정에 변화가 생길까 봐, 그렇게 되는 것이 싫었던 건지도 모르겠습니다.

밥을 먹거나 술잔을 기울이는 자리에서 실없는 이야기를 나누는 저와 일을 할 때의 저는 다른 사람입니다. 아마 그 친구 역시 마찬가지일 겁니다. 누구나 살기 위해 일하지만, 일을 하다 보면 약간의 충돌이 일어납니다. '사는 것'과 '살기 위해 해야만 하는 일'은 서로 궁합이 썩 좋지 않죠. 맛있는 음식을 먹고 웃고만 살 수 있다면 참 행복할 텐데, 그럼에도 사람들은 함께 일을 합니다. 어쩌면 곤란을 극복하는 과정에서 관계가 더욱 깊어질 수 있다는 것을 알기 때문인지도 모르겠습니다. 친구뿐 아니라 모든 관계에도 통하는 말이겠지요.

저는 이야기 안에 충돌을 그려 넣는 것을 좋아합니다. 발버둥 치면서도 서로를 원하는 모습이 아름답게 보여서인 것 같습니다.

도쿄 시부야에 있는, 불과 140명밖에 들어갈 수 없는 극장에서 공연한 이 작품을 한국에서 단행본으로 출판하게 되어 무엇보다 기쁩니다. 지금까지 저는 한국의 문화를 사랑하고 여러 차례 방문하며 사람들과 만남의 기회를 가졌습니다. 그때마다 보내주신 환영과 다정함 덕분에 훌륭한 시간을 보낼 수 있었습니다.

언젠가 이 작품이 한국의 극장에서 공연되기를 바랍니다. 만약 한국 분들 마음에 이 이야기가 닿을 수 있다면, 그것은 제가 그동안 받아온 따뜻한 마음들에 은혜를 갚는 것이 되겠지요. 그리고 한국의 많은 분들과 같이 일할 기회가 생긴다면 그보다 더 행복한 일은 없을 것입니다. 그날이 오면 제 안에 있는 또 다른 인격을 꺼내, 작품에 대해 함께 논쟁하고, 함께 괴로워하며 발버둥 치고 싶습니다. 그리고 일을 마친 뒤에는 친구로서 밥을 먹고, 건배를 하고, 큰 소리로 웃고 싶습니다.

한국의 극장에서 뵐 수 있기를 기대하고 있겠습니다. 감사합니다.

*추신. 이 작품은 일본을 무대로 여러 고유명사가 등장
합니다. 한국에서 공연된다면, 관객분들의 이해를 돕기
위해 일부 고유명사를 상황에 맞게 변경하는 것도 좋겠
습니다.

2026년 1월
사카모토 유지

차례

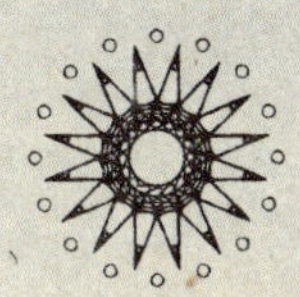

작가의 말 ———————————————————— 5

등장인물 ———————————————————— 11

1 ———————————————————— 31

2 ———————————————————— 83

3 ———————————————————— 123

4 ———————————————————— 153

5 ———————————————————— 191

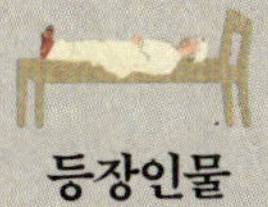

등장인물

지카스기 유타로	주유소 점주, 25세, 남.
네모리 마코토	소설가, 42세, 남.
다카라이 나루미	주유소 아르바이트, 31세, 여.
시메노 가요코	간호사, 25세, 여.

ENEOS

ENEOS
169
158
137

ENEOS
169
158
137
E

ENEOS

SOS
S

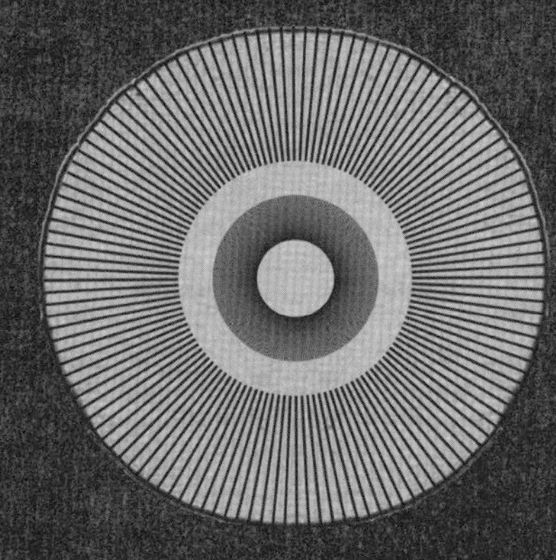

1

여름, 어느 날 저녁. 도쿄 썸머랜드✦에서 가장 가까운 주유소에 있는 서비스룸✦✦이다.

무대 깊숙이 출입구가 있고, 그 문을 나가면 기름을 넣는 공간이 나오는 듯하다.

카운터가 있고, 그 뒤쪽으로 탕비실이 이어진다.

손님용 테이블과 의자, 소파가 있다. 화장실 문이 보이고, 2층으로 올라가는 계단이 있다.

벽에는 세차 요금과 기름 가격이 적힌 종이가 붙어 있다.

선풍기가 돌아가고 손세차 요금표 포스터가 선풍기 바

✦ 도쿄 서쪽 끝부분 아키루노ぁきる野 시에 위치한 유원지. 대규모 수영장과 놀이기구 등이 갖춰져 있다.

✦✦ 일본의 주유소에는 방문객이 휴식을 취할 수 있는 편의시설이 있다. 세차가 가능한 곳이라면 세차 요금을 정산하는 계산대가 있고, 그 밖에 자동차 관련 용품이나 기름 등이 마련되어 있다. 주유소 직원들의 근무 장소이기도 하다.

람에 팔락인다.

스테인리스 휘발유통이 방치된 채 바닥에 널브러져 있다.

이 주유소의 유니폼을 입은 다카라이 나루미(31세)가 핸드 스피너를 돌리며 계단을 내려온다.

그녀는 나뒹구는 휘발유통 하나를 다리 사이에 두고 의자에 앉는다.

그리고 다른 의자에 다리를 올리더니, 나른하게 핸드 스피너를 돌린다.

그때, 같은 유니폼을 입은 지카스기 유타로(25세)가 밖에서 들어온다.

목에는 심하게 더러운 수건을 두르고 있는데, 그 수건은 앞으로도 쭉 그를 떠나지 않을 것이다.

그는, 잘 빨린 수건들이 가지런히 담긴 바구니를 품에 안고 있다.

테이블에 다카라이가 있는 것을 보고, 일단 수건 바구니는 카운터에 내려놓고, 바닥에 굴러다니는 휘발유통을 바로 세운다.

벽에 붙여 둔 포스터가 떼어질락 말락 하는 것을 보고, 선풍기를 끄고, 압정으로 종이를 잘 고정시킨다.

그리고 카운터에서 수건을 개기 시작한다.

지카스기   이 새 수건 말이에요, 여태 세 번은 빨았잖아
　　　　　요. 왜 물이 흡수가 안 될까요…? 이젠 새로

꺼낸 아이도 물을 먹지 않아요. 어, 이거 꼭 아이코♦ 노래 가사 같네요. 설마 방수 수건은 아니겠죠? 방수가 되면 수건일 수가 없잖아요. 그건 물에 잘 젖는 우산 같은 거잖아요.

다카라이 점장님. 계속 혼잣말하고 있어요.

지카스기 저 지금 다카라이 씨한테 말한 거예요.

다카라이, 아무 대꾸도 없이 핸드 스피너를 돌린다.

지카스기 죄송한데, 아까 부탁드린 건.

다카라이 (귀찮은 듯 한숨을 쉬며) 으쌰.

다카라이는 자리에서 일어서더니, 색이 다른 휘발유통 두 개를 나란히 놓고, 뚜껑을 열어 펌프를 찔러 넣는다.
펌프질을 하며, 한쪽 통에 있는 휘발유를 다른 쪽 통에 옮기는 작업을 시작한다.
하지만 튜브에 구멍이 났는지 휘발유가 찍 날아간다.
다카라이, 일단 손을 멈추고 기름이 튄 쪽을 보지만, 다시 펌프질한다.
또 휘발유가 찍 날아간다.

♦ aiko. 일본의 여성 가수. 1975년생으로 1998년에 데뷔한 싱어송라이터. 일상의 소소한 감정을 노래하는 가사가 잘 알려져 있다.

지카스기는 당황하지만 그 모습을 지켜본다.
다카라이, 다시 펌프질하고, 다시 기름이 날아간다.

지카스기　(더는 참지 못하고) 구멍 난 거 아니에요?

다카라이는 그의 말을 들은 건지 만 건지, 계속 작업을
이어 간다.

지카스기　구멍 난 거 같은데요. 펌프에, 구멍이요.

다카라이는 계속 펌프질을 하고, 기름은 높이 더 높이 날
아간다.

다카라이　(펌프를 가만히 보더니) 펌프에 구멍이 났
　　　　　나?
지카스기　(방금 자기가 한 말이라고 주장하려는 듯 고
　　　　　개를 끄덕인다)

다카라이는 도저히 안 되겠다는 표정으로 펌프를 내버
려두고 다시 의자에 앉아 다리를 뻗더니 핸드 스피너를
돌린다.
지카스기는 당황하지만, 할 수 없이 수건을 들고 와서 바
닥에 떨어진 휘발유를 닦는다.

다카라이 저 오늘요, 느긋하게 보내기로 했어요.

지카스기 아아.

다카라이 우선, 이번 주는 느긋하게 보낼 거고요.

지카스기 아아. 아, 그런데….

다카라이 올해는 느긋하게 보내기로 정했었거든요. 올
해는 토산물 전시회 많이 다니려고요.

지카스기 어떤 토산물 전시회요?

다카라이 그때그때 하는 토산물 전시회요. 이미 다 정
한 대로 실천하는 거지, 즉흥적으로 느긋하
게 있는 거 아니에요.

지카스기 아직 영업 중인데, 손님이 오시면 어쩌려고
요.

다카라이 (무표정으로 작게) 손님 오는데도 이러고 있
겠냐고.

지카스기 (미안하다는 듯 꾸벅 고개를 숙인다)

지카스기, 바닥을 다 닦았다.

지카스기 좀 배가 고파지네요.

다카라이 (혼잣말인지 대화인지 눈으로 묻는다)

지카스기 대꾸 좀 해주세요. 여기 둘밖에 없는데 제가
말을 하면 말을 거는 것일 확률이 높지 않겠
어요?

다카라이　사람 다섯이 한 방에서 혼잣말하는 거 본 적
　　　　　있거든요.

지카스기　…. (혼잣말로) 아 배고파.

지카스기, 냉장고 안을 들여다보더니, 젤리 컵들이 담긴
봉지를 발견한다.

그중 하나를 꺼내, 뚜껑을 뜯어 먹으려고 한다.

다카라이　점장님, 그거 안 돼요.

지카스기　아, 다카라이 씨 거예요?

다카라이　사람이 먹는 게 아니라, 장수풍뎅이 젤리거
　　　　　든요.

지카스기　장수풍뎅이. 아아, 걔네 먹이예요?

다카라이　사람이 먹으면 탈 나요.

지카스기　진짜요? 큰일 날 뻔했네요. 큰일 날 뻔했다.

그렇게 말하며 일단 젤리를 냉장고 안에 다시 넣으려고
하다가, 손을 멈추더니, 물끄러미 그것을 본다.

다카라이는 묵묵히 핸드 스피너를 돌리고 있다.

지카스기, 손끝으로 젤리를 만지다가 갑자기 젤리를 집
어 들고 단숨에 뚜껑을 벗겨 먹는다.

그리고 또 한 개를 먹고, 한 개를 더 먹는다.

그때, 네모리 마코토(42)가 문을 열고 들어온다.

초록색 재킷을 입고, 검붉은색 넥타이를 맸다.
지카스기, 허겁지겁 젤리를 삼키고, 빈 컵을 주머니에 쑤
셔 넣는다.

지카스기   어서 오세요….

네모리는 곧바로 되돌아 나간다.
지카스기가 '어?'하는 틈에, 네모리, 이번에는 시메노 가
요코(25)를 데리고 들어온다.
네모리, 부루퉁한 시메노에게 소파에 앉으라고 재촉한다.

네모리   앉아요, 앉아. 앉으라고. 아니, 좀 앉아요.

시메노는 마지못해 앉는다.

네모리   (가게 안을 둘러보고) 이 동네는 어디를 가도
          살풍경이네.
지카스기   (네모리를 바라보며) ….

네모리, 자신을 보는 지카스기를 발견하고 아차 싶어서.

네모리   미안해요, 음.
지카스기   네. 아. (밖을 가리킨다)

네모리   아뇨.

지카스기   …? (밖과 안과 밖을 번갈아 가리킨다)

네모리   아, 그게 아니라.

지카스기   …?

네모리   차 때문에 온 게 아니라.

지카스기   아. 네. 음, 어? 그럼….

다카라이   무슨 일로 오셨는데요?

네모리   (다카라이에게) 아, 미안해요. 그게, 내가 그,
           네모리라고 하는데요….

지카스기   네모리 씨.

네모리   네. 음….

다카라이   (지카스기에게) 도쿄무센*에서 오셨나 본대
           요?

네모리   네?

다카라이는 네모리의 옷을 보고 그렇게 짐작한 것이다.

다카라이   도쿄무센 기사님이시죠?

지카스기   아아.

네모리   (자기 재킷을 보고) 아니에요.

* 東京無線, 택시회사 협동조합. 도쿄도 23구, 무사시노 시, 미타카 시
가 영업 구역이다.

다카라이   그런데 넥타이도.

네모리   이거 다 밀라노에서 산 거거든요.

다카라이   그런데 길에서 아무나 붙잡고 한 번 물어보세요. 아, 밀라노에서 산 옷이구나, 하는 사람보다 아, 도쿄무센 택시 기사님이 잠깐 쉬나보다, 하는 사람이 많을걸요.

네모리   …남들이 어떻게 보든 상관없고요, 옷은 나 자신을 위해서 입는 거거든요.

다카라이   그러시면 다행이고요.

네모리   …. (지카스기와 눈이 마주쳐서) 어?

지카스기   자신을 위하는 게 좋은 거 같아요.

네모리   어?

지카스기   어?

네모리   어?

시메노, 갑자기 일어서더니 밖으로 나가려고 한다.
네모리가 뒤쫓아가 시메노의 팔을 잡고 데려온다.

네모리   앉아 있어요.

네모리, 실수로 휘발유통을 발로 차 버려 허둥대며 다시 제자리에 놓는다.

네모리　　아아, 미안해요. 흠, 뭐더라, 아, 그러니까, 이,
　　　　　　주유소에, 음, 지카스기 씨, 지카스기 유타로
　　　　　　씨라는 분 계신가요?

지카스기　전데요.

네모리　　아, 본인이세요. 아, 지카스기 씨. 오, 안녕하
　　　　　　세요, 저는 그쪽 형, 형 되는 사람이에요.

지카스기　형, 형 되는 사람.

네모리　　네, 네모리라고 해요. 처음 보죠, 형이에요.

지카스기　(잘 이해가 되지 않지만) 동생입니다.

네모리　　어, 알고 있었어요?

지카스기　(고개를 젓는다)

네모리　　내가, 그쪽의 아버지의⋯. (새삼 방금 전의
　　　　　　대답이 웃겨서 반쯤 웃다시피) 아, 모르면서
　　　　　　동생이라고 한 거예요?

지카스기　죄송해요.

네모리　　아니, 괜찮아요, 괜찮아, 내가 미안해요. 그,
　　　　　　음, 그쪽 아버지, 음, 성함이 시즈오 씨 되시
　　　　　　죠. 제가 그 시즈오 님⋯.

다카라이, 손수레를 밀고 와서 휘발유통을 옮기기 시작
한다.

네모리　　(피하며) 미안해요⋯.

네모리, 자연스럽게 의자에 앉고, 지카스기도 앉는다.

네모리　　그쪽 어머니라고 해야 하나, 그분이랑 합치
　　　　　시기 전에, 그러니까 그쪽이 태어나기 전에,
　　　　　그 이전의 가족이랄까, 그 가족의 아들이거
　　　　　든요, 최초 가족의 아들, 지금 내가 하는 말
　　　　　이해돼요?

지카스기　(고개를 갸우뚱한다)

네모리　　음, 좀 이상한 표현을 빌리자면, 배다른 형제
　　　　　인데, 내가 형, 그쪽이 동생인 거예요.

지카스기　아, 아아. 아아 아아 아아.

네모리　　응? 이해했어요?

지카스기　책 만드는 사람이다.

네모리　　네, 맞아요, 일반적으로는 작가라고 하는데.
　　　　　소설가거든요. 음, 도쿄에서 온 네모리라고
　　　　　합니다.

지카스기　아아, 아, 네. (하고 살짝 손뼉을 친다)

네모리　　아, 네, 그래요. 그럼….

지카스기　여기, 도쿄예요.

네모리　　네? 아, 아키루노시였나요? (먼 곳을 손가락
　　　　　으로 가리키며) 도쿄 썸머랜드.

지카스기　네, 근처예요.

네모리　　도쿄네요. 도쿄에서 도쿄로 왔네요. 그래서

내가, 형인데요.

지카스기　사진 본 적 있어요.

네모리　사진? 아, 나를? 아, 책에서?

지카스기　술집 사진.

네모리　아. 아아 네네네. 잡지에 실린 거요.

지카스기　(네모리를 가리키며) 술집에서, 이렇게 (옷
을) 올려서.

네모리　네네네.

지카스기　(양쪽에) 여성분이 이렇게, 젓가락으로.

네모리　젖꼭지 집힌 사진 봤구나. 네, 반성하고 있어
요. 그래서 내가 오늘 여기에 온 이유는, 아버
지가 집을 나가신 지 25년이 됐고, 그쪽 어머
니도 돌아가셨다는 얘기를 들었는데, 뭐, 저
희도 그렇고, 저도 쭉 그 인간을 만난 적이 없
어서요… 최근에 만났어요? 아버지, 아버님
이요.

지카스기　네?

네모리　아버님 최근에 만났어요?

지카스기　다카라이 씨, 햄이 상했던 게 언제였죠?

다카라이　그저께.

지카스기　그저께 만났어요.

네모리　그럼, 그 인간의 지금 상황도 당연히 파악하
고 계시고….

지카스기   다카라이 씨, 청구서에 코딱지 붙어 있던 게
          언제였죠?
다카라이   금요일.
지카스기   죄송해요, 금요일에 만났어요.

네모리는 순간 이게 무슨 대화인가 싶어, 가져온 페트병
을 꺼내 물을 마시려고 하지만, 꺼내고 보니 빈 병이라
관둔다.

지카스기   (그 모습을 보고 아차 싶어) ….
네모리   음, 그래서 오늘 여기 온 이유는, 그 인간, 그
          쪽 아버님이요, 그분의 병에 대해….
지카스기   죄송해요. (몸을 일으킨다)
네모리   네?
지카스기   마실 거, 뭐가 좋으세요?
네모리   마실 거? 지금이요? 괜찮아요. 음, 아버님이
          입원 중이시잖아요?
지카스기   (일어서려다 멈춘 상태 그대로) 네.
네모리   아키루노 종합병원에.
지카스기   (일어서려다 멈춘 상태 그대로) 네.
네모리   (일어서려다 멈춘 상태 그대로인 것이 신경
          쓰이지만) 나도 그 병원에 몇 번 갔었거든요.
지카스기   (일어서려다 멈춘 상태 그대로) 네.

네모리　솔직히 말할게요. 지금 아버님이 장기 입원 중이신 상황, 그 원인이, 애초에 그 발단이 된 게 의료 실수, 즉 의료 사고 때문이 아닐까⋯. (일어서려다 멈춘 상태 그대로인 것을 계속 보고 있을 수가 없어서) 저기, 마실 거 하나 주세요.

지카스기　(가뿐하게 일어서서) 음료수 뭐가 좋으세요?

네모리　글쎄요, 뭐가 좋을까, 뭐로 하지?

지카스기　보리차밖에 없어요.

네모리　그럼, 보리차.

지카스기는 고개를 끄덕이고 카운터 뒤쪽의 탕비실로 들어가지만, 곧 얼굴을 내밀며.

지카스기　죄송해요, 보리차밖에 없으니까, 처음부터 보리차 괜찮으시냐고 물어봤어야 했는데.

네모리　괜찮아요.

지카스기는 꾸벅 고개를 숙이고 다시 탕비실로 들어간다.

네모리　(시메노를 노려보며) 기다려요.

그러자 다카라이가 와서 네모리 앞에 앉더니.

다카라이   의료 사고라고요? (어쩐지 기분이 좋아 보인
            다)

네모리   네? 아, 그게….

다카라이   어, 어, 어, 비밀 얘기예요?

네모리   비밀은 아닌데. 본인이 오면 얘기할 거라, 지
            금 말하면 두 번 말해야 되잖아요.

다카라이   점장님 아버지는 왜 입원하셨어요?

네모리   (귀찮은 사람이라는 생각이 들며) 뭐, 따지고
            보면….

다카라이   따지고 보면. (어쩐지 흥분한 것 같다)

네모리   한 3년 전에 골다공증에 걸려서 쭉 누워만 계
            셨던 것 같은데, 그래도 다른 데는 이상 없었
            거든요….

시메노, 자리에서 일어선다.

네모리   앉아요.

시메노, 의미 없이 휘발유통 주변을 응시하며 네모리의
성질을 돋우지만, 결국에는 다시 앉는다.

네모리   (다카라이가 기다리고 있으니 할 수 없이 이
            어서) 그게 올해 초였나, 기관지가 좀 안 좋

아져서 입원하신 것 같은데. (목을 가리키며)
여기에 튜브를, 해서, 인공호흡기를 달았대
요. 그런데 그때는 금방 퇴원할 수 있는 상태
였거든요. (시메노에게) 그렇죠?

시메노, 모른 척한다.

네모리　　그래서…. (아직 멀었나 싶어 탕비실을 보고)
　　　　　　이 설명, 본인이 오면 하는 게 좋지 않겠어요?
다카라이　퇴원을 못 하셨어요?
네모리　　네.
다카라이　왜요?
네모리　　최근 반년 동안 의식이 없어요.
다카라이　어, 어, 어, (작은 목소리로) 식물, 식물인간
　　　　　　되신 거예요?
네모리　　(목소리 줄일 필요 없다고 말하려는 듯 큰 목
　　　　　　소리로) 맞아요.
다카라이　(손뼉을 치며) 알았다, 의료 사고가 난 거예
　　　　　　요, 그거 의료 사고죠.
네모리　　(이미 자기가 했던 말을 왜 이런 식으로 말
　　　　　　하나 싶지만) 네. (탕비실을 향해) 지카스기
　　　　　　씨? 얼음은 없어도 되는데….

지카스기, 된장과 건미역 등을 가지고 나온다.

지카스기　네.

네모리　두 번 말해야 하니까… 된장은 왜 들고 왔어
요?

지카스기　보리차가 없는데 된장국은 어떠세요?

네모리　마실 거 없어도 돼요.

지카스기　아… 아, 네. 그럼, 잠깐만 나갔다 올게요.

네모리　어딜요?

지카스기　마들렌은 사 와야죠.

네모리　앉아요.

지카스기　마들렌은….

네모리　애기하다 말았잖아요.

지카스기　그래도 간식이 없으면. (하고 건미역을 본다)

네모리　(쓴웃음을 지으며) 건미역이네요. 그런 거 막
집어먹으면 배탈 나요.

지카스기　….

네모리　애기, 하다 말았잖아요.

지카스기　네, 죄송해요.

지카스기, 탕비실로 간다.

네모리　가능하면 놓고 바로 오세요….

다카라이　무슨 의료 사고가 있었길래 식물인간이 됐을
　　　　　까요?

네모리　네? 아니, 정식으로 결과가 나온 건 아니고
　　　　　요. 병원에선 단순히 증상이 악화된 거래요.
　　　　　그런데….

다카라이　네.

네모리　내가 좀 알아보니까….

다카라이　네.

네모리　아무래도 그 인공호흡기….

다카라이　네.

네모리　튜브에 문제가….

다카라이　튜브?

다카라이, 갑자기 뛰쳐나가 펌프를 들고 와서 이렇게 생
긴 걸 말한 건지 묻는다.

네모리　네, 그런 거요. 아무튼, 그래서, 그게 막혀서,
　　　　　거기서 산소였나, 그게 점장님 아버님 뇌에
　　　　　공급이….

다카라이　안, 됐, 다.

네모리　네, 안 된 것 같아요….

다카라이　의료 사고네요.

네모리　네, 의심이 되는 거죠….

시메노　　　생판 남한테 그런 얘기 해도 돼요?

네모리　　　(아차 싶어 다카라이에게) 생판 남이세요?

시메노　　　딱 봐도 알바잖아요.

네모리　　　알바.

다카라이　　(시메노에게) 뭐라고요?

시메노　　　딱, 봐도, 알바라고요.

다카라이　　아아 그래요? 모르시는구나, 나에 대해 하나
　　　　　　　도 모르시는구나.

시메노　　　네?

다카라이　　내가 독자 모델✦이거든요. 독자 모델 겸 알바
　　　　　　　요, 딱 봐도 알바는 아니죠.

네모리　　　아, 독자 모델이에요?

시메노　　　그게 무슨 상관이에요? 상관도 없고, 거짓말
　　　　　　　일 게 뻔하고.

다카라이　　(쓴웃음을 지으며 네모리에게) 저분, 패션은
　　　　　　　잘 모르나 보네요. 크록스 신고 다니는 거 봐.

시메노　　　어떤 잡지에 나왔는데요?

다카라이　　말해도 모를 텐데.

시메노　　　가방 보여줘 봐요. 고데기 있어요? 독자 모델
　　　　　　　이면 지갑보다 중요한 게 고데기잖아요, 있

✦ 잡지사 응모에 뽑히거나 스카우트되어 모델 활동을 하는 사람. 에이
전시에 소속되어 있지 않아 아마추어 모델이라고 할 수 있다.

어요?

다카라이　오늘은 두고 왔어요, 내 투룸 아파트에.

대화 중인 세 사람 뒤로 지카스기가 나타나, 카운터 옆에서 가위를 집더니 건미역 봉지를 뜯는다.

네모리　(그것을 보고) 아, 지카스기 씨?

봉지를 뜯은 지카스기는 다시 탕비실로 들어가 버린다.

네모리　저기요.

시메노　주유소에서 알바하는 독자 모델이 세상에 어딨어요?

다카라이　그럼 그쪽은요? 그쪽은 뭐예요?

네모리　간호사예요. 좀 전에 말한 병원에서 근무하는.

다카라이　간호사였어요?

시메노　왜요?

다카라이　간호사. 간호사였구나, 간호사, 간호사. (양쪽 코를 파는 시늉을 한다)

시메노는 일어나, 크록스를 벗어 그것으로 다카라이의 머리를 때린다.

시메노 사람 무시하는 것도 아니고 뭐야 정말.

다카라이 나 때렸어요! 이 사람이, 크록스로 나 때렸어
요!

시메노 시끄러워요.

다카라이 당장 나가요, 간호사면 병원으로 가세요.

네모리 아니, 그런데, 가버리면 안 되거든요. 이 사람
애기를 들으려고 오늘 여기에 온 거라. 그리
고 관계없는 분은 맞으시니까….

시메노 딱 봐도 알바는 관계없죠.

다카라이 (네모리에게) 관계가 없다뇨?

네모리 네? 관계, 없잖아요?

다카라이 이 사람이 크록스로 나 때렸거든요? 크록스
로 사람 머리를 때리는 인간은 크록스 신고
다니는 인간보다 쓰레기인 거 맞죠?

시메노 젓가락으로 젖꼭지 집히는 인간보다는 훨씬
나은 거 같은데요.

네모리 그렇죠.

다카라이 (머리를 만지며) 아파 아파 아파 아파 아파
아파 아파.

네모리 아프다고 아무리 말로 해봤자 아픈 건 어디
안 가요.

다카라이 저기요, 왜 저 사람 편들어요? 저한테는 감정
이입이 안 돼요?

시메노   그런 식으로 툭하면 남자의 도움을 바라는
여자라서 그런 게 아닐까요?

다카라이   뭐야, 오늘 무슨 날인가. (탕비실을 향해) 점
장님, 그거 좀 써도 돼요? 내가 전부터 써보
고 싶었던 건데 좀 써도 돼요?

다카라이, 카운터 옆에서 방범용 페인트볼을 꺼내, 시메
노에게 던지려고 한다.
건미역을 들고 나오던 지카스기가 그녀를 말린다.

다카라이   점장님, 내가 관계없는 사람이에요?

지카스기   다카라이 씨는 소중한 알바예요.

다카라이   나한테는 감정 이입이 안 돼요?

지카스기   아니요. 잘 돼요.

다카라이   (시메노에게) 거봐요. 당신 같은 사람은, 친
구랑 디즈니랜드 가서 패스트패스✦ 셔틀이나
당할 사람이에요.

시메노   그런 적은 없는데, 디즈니 씨✦✦에서 패스트패
스 받아 오겠다고 해놓고, 지구본 연못에 전

✦ 디즈니랜드 놀이기구에 탑승할 때 대기 줄에서 기다리지 않고 탑승
할 수 있게 해주는 티켓.

✦✦ 지바 현에 있는 디즈니 테마파크. '바다'를 테마로 하고 있다.

부 버리고 온 적은 있네요.

다카라이, 순간 멈칫하며 두 사람은 서로를 바라본다.

다카라이　　그럼, 거의 비슷하네요.
시메노　　그러네요.
다카라이　　흐음. 미안해요.
시메노　　아니에요.

어쩐지 두 사람의 마음이 통한 것 같다.

네모리　　응?
지카스기　　다카라이 씨, 나머지는 제가 정리할 테니까
　　　　　　오늘은 그만 가셔도 돼요.
다카라이　　수고하셨습니다!

모자를 벗고, 머리를 매만진다.

네모리　　(안도하며) 지카스기 씨, 우선 앉아요.
지카스기　　네.

지카스기와 네모리, 마주 앉는다.

네모리　　　네. 자, 그럼, 아까 얘기 이어서. (지카스기에
　　　　　　　게) 그러니까.

지카스기, 아직 손에 들고 있는 건미역을 어디에 둘지 주
변을 둘러본다.

지카스기　　네….

네모리　　　그 인간이, 그쪽 아버지요, 의식 없는 상태로
　　　　　　　반년이나 입원 중이시잖아요?

지카스기, 테이블 끝에 건미역을 내려놓지만.

지카스기　　(계속 미역이 신경 쓰여서) 네….

네모리　　　그렇게 된 원인이 뭐라고 생각해요?

네모리가 말하는 중에, 시메노가 다카라이에게.

시메노　　　어, 그러니까 독자 모델 같네요.

양쪽의 대화가 겹친다.

네모리　　　병원에서는 뭐라고 설명하던가요?

다카라이　　진짜요? 아, 그런데 그쪽도 뭐.

지카스기 (건미역을 보며) 설명. 설명.

시메노 저요? 아, 실은 저도….

네모리 갑자기 의식불명이 되셨잖아요.

다카라이 어, 모델 하세요?

시메노 아뇨아뇨, 저는 아역 했었어요.

네모리 바로 전날까지 곧 퇴원할 거랬는데….

다카라이 네? 아역이요?

네모리 (시메노와 다카라이의 대화가 신경 쓰여) 저 알바님은 옷 다 갈아입고 타임카드 찍을 건가 봐요.

지카스기 저희 원래 옷 갈아입고 나서 찍는 시스템이에요.

네모리 그래요? 허어. 음….

시메노 옛날에 텔레비전에 나온 적이 있어요.

다카라이 와, 세상에.

네모리 (신경 쓰인다) 아버님은, 기관지에, 인공호흡기를….

시메노 야마다 요지✦ 감독 알아요? 그분 작품에 출연했었는데.

네모리 (신경 쓰인다) 호흡기를 달고….

✦ 일본의 영화감독. 1931년생으로, 1961년 〈2층의 타인〉으로 데뷔했다. 〈남자는 괴로워〉 시리즈 등 다수의 대표작이 있다.

다카라이 들어본 적 있어요.

네모리 그래서, 어….

시메노 그런데 촬영 중에 감독님한테, 감독님은 아저씨예요, 아줌마예요? 물어봤다가 잘렸어요.

다카라이 히익.

네모리 히익. (자기도 모르게 튀어나와 입을 다문다)

지카스기 (네모리의 이야기를 진지하게 듣고 있었기에) 네?

네모리 아, 그, 튜브가요….

옷을 다 갈아입은 다카라이는 퇴근 카드를 찍는다.

네모리 (그것을 보고) 지카스기 씨, 이, 이제야 찍었어요.

지카스기 괜찮아요.

다카라이 아, 버스비 깜빡했다.

다카라이는 모금함을 뒤집어 돈을 꺼낸다.

네모리 지카스기 씨, 저 알바님이 모금함에서 돈 꺼내 가요.

지카스기 괜찮아요, 지구 환경을 위한 모금함이거든요.

네모리 괜찮다고요?

지카스기　지구 환경 모금함이라서요. 저희 가게 모금함
　　　　　으로 어떻게 될 문제가 아니잖아요.
다카라이　(시메노에게) 그럼 가볼게요. (지카스기에
　　　　　게) 수고하셨습니다.
지카스기　수고하셨습니다.

다카라이는 퇴장한다.

네모리　　(어이가 없어서) …아아 네. (지카스기를 마
　　　　　치 품평하듯 바라보며) 감이 오네요.
지카스기　네?

네모리, 담배를 꺼내고.

네모리　　혹시 라이터….
지카스기　라이터요, 네.

지카스기, 재떨이 옆에 고무줄로 매달려있는 라이터를
쭉 잡아당겨 가져오려고 한다.

네모리　　…내가 갈게요. 불안해서.
지카스기　불안해요?
네모리　　고무줄을 그렇게 당기면.

네모리, 재떨이 옆으로 가서 라이터로 불을 붙이며 이야기를 계속한다.

네모리　　저기, 지카스기 씨. 그런 타입이구나. 내가 이렇게 보니까. 음, 바보까지는 아니어도 상당히 무른 유형이네요. 병원에서 설명하는 것도 곧이곧대로 들, 었죠…? 이거 불이 안 붙네요.

지카스기　열 번 하면 한 번은 붙어요.

네모리, 욱해서 라이터를 내려놓고 담배를 넣는다.

네모리　　저기, 내가 분명히 말할게요. 지카스기 씨는 속은 거예요.

지카스기　….

지카스기, 손을 뻗어 건미역을 가져온다.

네모리　　(시메노에게) 간호사님. 아역 출신 간호사님, 잠깐 이쪽으로 와볼래요?

시메노, 모른 척한다.

네모리   (욱해서, 지카스기에게) 저분이요, 아키루노
종합병원 호흡기내과에 근무하는 간호사예
요. 본 적 있어요?

시메노   (찌푸린 얼굴로) 처음 뵙겠습니다.

지카스기   ….

시메노   처음 뵙겠습니다.

지카스기, 건미역을 다시 원래 자리에 두고.

지카스기   처음 뵙겠습니다.

네모리, 그 모습을 지켜보다가 한숨을 쉰다.
창밖은 해가 저물어 어느새 밤이 될 기미를 보인다.

네모리   뭐, 내가 벼락치기이긴 했어도 취재 경험도
있고, 다소나마 병원에 관한 지식이 있거든
요. 아키루노 종합병원에 문제가 있다거나
끊임없이 사고가 난다는 식의 소문도 들은
적 있고요. 그래서 그 인간이 하필 거기 입원
했다는 소리를 듣고, 게다가 의식불명이라고
하니까. 어라? 싶은 거죠. 그래서 못 참고 병
원에 가봤어요.

지카스기   아빠를 만났어요?

네모리　　아뇨.

지카스기　….

지카스기, 냉장고 위를 보더니 무언가를 발견한다.

네모리　　그날 일을 기억하는 고토 씨라는 장기 입원
환자가 있었어요. 그날은 평창올림픽 9일째
였고, 남자 피겨 스케이트 프리 프로그램에
서 하뉴 유즈루 선수가 금메달을 딴 날이었
어요. 오후 1시 43분. 입원 중인 환자들은 다
들 텔레비전 앞에 모여 하뉴 선수를 응원하
고 있었죠. 그런데 고토 씨는 관심이 없었대
요. 그래서 들었던 거예요, 복도를 뛰어다니
는 간호사들의 발소리를. 입원 생활이 길다
보니 바로 알겠더래요. 무슨 일이 생겼구나.
고토 씨는 무슨 일인지 보러 갔어요. 6층으로
올라가 호흡기내과 병동으로 갔는데, 거기서
간호사 한 명과 부딪혔어요. 간호사는 그때
뭔가를 떨어뜨렸고, 얼른 주워서 자리를 떴
어요. 그런데, 어라? 고토 씨는 이상한 느낌
이 들었어요. 간호사가 들고 있던 인공호흡
기 튜브에는 있어서는 안 될 게 있었거든요.
매듭이요. 고토 씨는 캠핑이 취미라 그 매듭

의 이름도 알았어요. 그건 버터플라이 매듭이었어요. 하뉴 선수의 금메달 소식에 병실은 소란스러웠지만, 고토 씨는 그 순간에도, 매듭이 있는 튜브를 들고 간 간호사 생각을 하고 있었어요. 그 간호사가 쭈그리고 앉았을 때 살짝 가슴이 보였대요. 원래 그 병원 간호사들은 옷을, 간호사 전용 홈쇼핑인 '앙피르미에✦'에서 공동구매해서 입거든요. 그래서 다들 몸을 숙여도 가슴이 보이지 않는, 새로 나온 스크럽이라는 흰 옷을 입어요. 그런데 그 간호사는 가슴이 보였대요. 실은 거기서 근무한 지 얼마 안 된 사람이라, 예전 병원에서 입던 옷을 입고 다녔던 거죠. 숙이면 가슴이 보이는 그 옷을 입었던 단 한 명의 간호사는 바로, 시메노 씨. 시메노 가요코 씨. 이리 오세요.

시메노 (한숨을 쉬고) 억지 좀 그만 부려요.
네모리 저기, 지카스기 씨.

아까부터 얘기를 듣고 있는 건지 아닌지 줄곧 냉장고 쪽

✦ Infirmiere. 간호사라는 뜻의 프랑스어. 실제로 일본에 있는 통신판매 잡지로, 간호사의 의류와 의료관련 잡화, 간병용품 등을 판매한다.

을 보던 지카스기, 자신의 이름이 불리자 돌아본다.

네모리   아버님은 남자 피겨 스케이트 프리 프로그램
          과 거의 맞먹는 약 4분 동안 숨이 멎었고, 후
          유증이 남았어요. 알람이 울렸을 텐데 기록
          도 없어요. 뭔가 의료 사고가 발생했고, 나중
          에 병원 측이 그걸 은폐한 게 틀림없어요. 진
          상을 밝히려면 소송할 필요가 있어요. 지카
          스기 씨, 우리 같이 병원 고소하지 않을래요?

지카스기   (냉장고 쪽을 보며) 네….

네모리   네. 내 말 듣고 있어요?

지카스기   ('네?'라고 하려고 하다가 씩씩하게) 네.

네모리   네. 대답은 잘하네.

지카스기   아, 접객이라는 게 대답이 시작이고….

네모리   대답이 끝이죠.

지카스기   네.

지카스기, 말하면서 또 냉장고 쪽을 힐끗 본다.

네모리   끔찍한 얘기 아니에요? 원래는 잠깐 입원했
          다 퇴원할 거였는데, 지금은 말 한마디 못 하
          고 손가락 하나 못 움직여요.

네모리, 말하는 중에 지카스기가 냉장고를 응시하는 것
을 보고, 왜 저러나 궁금해지지만, 이어서 말한다.

네모리　　최근 몇 년 동안 아버님 간병했죠? 간병은 정
　　　　　신을 갉아먹는다잖아요. 분하지 않아요? (시
　　　　　메노에게) 그러고 보니 전에 그런 사건도 있
　　　　　었죠? 검은 간호사 사건. 그 병원에도 살인
　　　　　간호사가 있는 거 아니에요? 당신이, (지카스
　　　　　기에게) 그런데 아까부터 뭐 보는 거예요?

지카스기, 일어서서 냉장고 위에 손을 뻗는다.
손가락으로 무언가를 집어 눈앞으로 가져와 골똘히 본다.

지카스기　…역시 음모야.
네모리　　네?
지카스기　(네모리에게 보여주며) 이거, 음모예요.
네모리　　응?
지카스기　커브 봐요, 음모 맞죠.

시메노가 온다.

시메노　　뭐가요? (들여다본다)

지카스기, 시메노에게도 보여준다.

시메노   음모네요.

지카스기   음모죠. 어떻게 이런 데에 떨어졌을까요?

시메노   이상하네요.

네모리   (시메노에게) 저기, 아까부터 내가 그렇게 불
            러도 안 오더니, 왜 음모라고 하니까 온 거에
            요?

지카스기   이건 음모예요.

네모리   그럼 안 돼요?

지카스기   안 되지 않아요. (시메노에게) 안 되지 않죠?

시메노   안 되지 않아요.

네모리   그럼 뭐가 문제예요?

지카스기   어떻게, 냉장고 위에.

시메노   흐음, 냉장고 위에 어쩌다가.

네모리   그쪽 거 아니에요?

지카스기   네? 제 거라고요?

네모리   그쪽이 어쩌다 떨어뜨린 거 아니에요?

지카스기   제가 어쩌다 떨어뜨린 거라고요?

네모리   그렇겠죠, 여긴 그쪽 가게니까.

지카스기   죄송해요, 제가 머리가 나빠서 이해를 잘 못
            해요.

네모리   응? 뭐가요?

지카스기   제가 잘 몰라서 그러는데요….

지카스기, 냉장고 옆에 선다.

지카스기   (자기 머리카락을 가리키며, 거기서부터 선
반 위로 포물선을 그리며) 이렇게는 되겠죠.
네모리   네.
지카스기   (자기 가랑이를 가리키며, 거기서부터 선반
위로 포물선을 그리며) 이렇게는 안 돼요.
네모리   ….
지카스기   (하고자 하는 말이 잘 전해지지 않은 것 같아
반복하며) 이렇게는 돼요. 이렇게는 안 돼요.
네모리   중력이 있으니까요.
지카스기   네. 그런데 어떻게.
네모리   그건….
지카/시메   (네모리는 답을 알고 있다는 사실에 놀라, 동
시에 그를 본다)
지카스기   (그 시선에 주눅이 들어) …그건, 그냥, 그쪽
음모가 그냥, 아, 여기 있다, 그게 다예요.
네모리   네? (시메노에게) 이해하셨어요?
시메노   미안해요, 나도 머리가 나빠서.
네모리   살면서, 아, 이게 여기 있었구나, 깨닫는 적
많이 있지 않아요?

지카스기   그건 자전거 열쇠나 그렇죠, 아닌가?

네모리   맞아요. 자전거 열쇠랑 똑같은 거예요. 겨울
           옷 안주머니 보면, 아, 이게 여기 있었구나,
           그러잖아요.

지카스기   (음모를 보고) 아, 이게 여기 있었구나…. 그
           런데 자전거 열쇠는 자기가 거기에 놓은 거
           잖아요. 저는 여기에 음모를 놓은 적이 없어
           요. 아닌가? (생각해 보지만, 고개를 저으며)
           그런 적 없어요.

네모리   보통 안 그러죠.

시메노   그러면 음모가 왜 여기에 있을까요?

네모리   (귀찮아져서) 올라갔나 보죠.

시메노   올라갔다고요?

지카스기와 시메노는 서로를 본다.

네모리   야생 음모라서?

지카스기   저기….

네모리   어딜 가든 어딜 오르든 그건 음모 마음이죠.
           매일매일 날이 이렇게 더운데 음모라고 어디
           안 가고 싶겠어요. 아니면 뭐 얼떨결에 그랬
           나 보죠.

지카스기   얼떨결에요?

시메노　　새로운 개념이 등장했네요. 얼떨결에?

네모리　　누구나 실수는 하니까요. 시무라 씨가 인스타에 얼떨결에 나체 사진을 올렸던 것처럼.

지카스기　얼떨결에 나체?

네모리　　네, 얼떨결에 나체 사진을 올리는 사람도 있으니까, 얼떨결에 나체, 아니 음모도 냉장고 위에 올라갈 수 있죠.

지카스기와 시메노는 서로를 본다.

네모리　　(거친 목소리로) 야생 음모가 있는 거예요. 가끔 실수도 하는. 그런 거라고 치면 안 돼요?!

지카스기　(동요해서) 안 되지는 않죠. (시메노에게) 그런 해석도.

시메노　　(끄덕인다)

지카스기　(네모리에게) 좋아요. 그 해석으로 가죠.

네모리　　그래요.

지카스기　그 해석이 좋네요. (제대로 들을 자세를 취하며) 죄송해요, 무슨 얘기 했었죠?

네모리　　내가 이젠 원래 얘기로 돌아갈 자신이 없어요. 너무 멀리 와서 돌아갈 길을 못 찾겠어.

지카스기는 또 건미역을 보기 시작한다.
봉지 입구를 열고, 힐끗 안을 들여다본다.

네모리　　음, 그래서, (시메노에게) 저기, 네모리 씨,
　　　　　　네모리 씨는 나구나. 저기요, 당신이 그랬죠?
　　　　　　튜브 처분한 사람 당신 맞죠? 그날 무슨 일이
　　　　　　있었는지 아는 거죠?

지카스기, 건미역 봉지를 굳게 닫고, 되도록 멀리 두려고
끝으로 밀어둔다.
주먹을 꽉 쥐며 참는다.

시메노　　얼마 줄 건데요?
네모리　　와, 이것 봐. 드디어 본성이 나오네.
시메노　　어차피 사람은 늘 죽잖아요, 어떻게 그걸 일
　　　　　　일이 다 기억해요, 돈을 주면 기억이 날지도
　　　　　　모르지만.
네모리　　열받아.

지카스기, 또 건미역을 집어 봉지를 연다.
미역을 꺼내 가만히 본다.

시메노　　돈도 안 주면서 잘난 척하는 사람 너무 싫거

든요, 잘난 척한다고 진짜 잘난 사람 되는 거
아니에요.

네모리   그 말은 동의하는데, 뭐지? 지금 누구 흉내
낸 거예요?

시메노   내 후배요.

지카스기, 손에 들고 있던 건미역을 다시 넣으려다 슬쩍
입으로 가져가 먹는다.

네모리   왜 갑자기 후배 흉내를 내요?

시메노   짜증나.

네모리   사람 면전에다가 짜증나가 뭐예요?

시메노   내 후배가 그랬다고요.

네모리   후배한테 그러지 말라고 전해줘요.

지카스기, 다시 미역을 꺼내, 이번에는 한 주먹을 입안에
넣는다.

시메노   돈을 주시면 기억이 날 수도 있는데.

네모리   미쳤어요? 구급차 와요, 노란 구급차.

지카스기, 건미역 봉지를 거꾸로 들어, 한입에 털어 넣
는다.

네모리   (돌아보며) 그쪽도 뭐라고 좀 해봐요.

지카스기 (당황해서 미역 봉지를 버리고, 입안 가득 미역을 머금은 채) 네.

네모리   뭐 먹어요?

지카스기 (입안 가득 미역을 머금은 채 고개를 갸우뚱한다)

그즈음부터, 어느새 선풍기가 혼자서 움직이며 조용히 바람을 일으킨다.

하지만 세 사람은 그것을 알아차리지 못한다.

네모리   남의 일 아니거든요, 뭐라고 말 좀 해요.

지카스기 (꿀꺽 삼키고) …오늘은 책 안 쓰세요?

네모리   응? 무슨? 아, 소설?

지카스기 소설, 네, 소설이요.

네모리   지금요, 아버님 얘기 중이었거든요.

지카스기 아빠한테 들었어요. 실은 너한테, (부끄러운 듯 눈을 피하며) 형이 있어. 형은, 책을 만들고, (고개를 기울이며) 글을 쓰는 사람이야, 라고요.

네모리   아, 그래요.

지카스기 사진 보고 기뻤어요. 이 사람이 내 형이구나, 밤마다 자기 전에 보고.

네모리　　아, 그랬어요?

지카스기　만날… (고개를 크게 저으며) 만나야겠다는
　　　　　생각은 안 했어요. 그런데, 아니, 안 해요, 죄
　　　　　송해요. 생각 안 해요…. 그런데 우연히 만나
　　　　　면 어떡하지, 싶어서. (수줍게 웃으며 고개를
　　　　　떨군다)

네모리, 대화에 흥미를 잃고 화장실 쪽으로 향한다.
시메노, 그를 노려보며 아직 얘기 중인데 어딜 가냐는 의
미로, 턱으로 지카스기를 가리킨다.

지카스기　한번, 딱 한 번 엽서를 보냈어요. 죄송해요.

네모리　　엽서요? 어디로?

지카스기　책이요, 책에 적힌 주소로요.

네모리　　아아, 출판사로.

지카스기　죄송해요. 이상한 거 보내서.

네모리　　그런 건 막 섞여서, 안 읽어요.

지카스기　…안 읽으셨어요?

네모리　　아마.

지카스기　그래요? 안 읽으셨구나. 네.

네모리는 화장실에 갈 거라는 의지를, 시메노에게 눈빛
으로 말한다.

시메노, 눈으로 안 된다고 말한다.

지카스기   그러면 왜 온 거예요?
네모리   네?
지카스기   올 줄 알았으면 마들렌….
네모리   마들렌?
지카스기   소중한 손님에게는 마들렌을.

네모리, 이게 무슨 말인지 이해가 되지 않는다.

네모리   …. (무언가가 떠올라 쓴웃음을 지으며) 맞
            다. 그런 거 있었죠, 근처에 그런 간판, 옛날
            간판 있었어요. 소중한 손님에게는 마들렌을.
            맞아요, 양과자집 간판.
지카스기   오실 줄 알았으면 (가게 안을 둘러보며) 장식
            도 하고 그림 같은 것도 걸고. 죄송해요, 아무
            것도 없어서….
네모리   (쓴웃음을 짓고 있다)

지카스기, 무언가를 떠올리곤 창가로 달려간다.
줄을 잡아당겨 단번에 블라인드를 올린다.
바깥은 완전히 밤이 되었다.
지카스기, 밖을 가리키며.

지카스기   보세요, 이거, 여기서 보셔야 돼요. 여기, 밤
이 되면, 타이어 흔적이 보이거든요. 낮 동안
햇빛에 달궈져서 녹은 건데, 녹아서 땅에 타
이어 자국이 난 데에 형광등 빛이 닿으면 그
자국만, 자국난 데만 빛이 확 떠서요. 녹아서,
달라붙어서, 고무랑 아연이랑 탄소 같은 게
겹쳐서, 저런 눈 모양 같은, 눈 결정이요, 결
정 아시죠, 그것처럼 되거든요. 밤에 주유소
오면 이렇게 예쁘구나, 의외로 예쁘구나, 운
전하시는 분들이나 조수석에 계신 분들이 많
이 그러세요. 여기 보세요.

네모리, 귀찮은 듯 한숨을 쉬고, 창가로 다가간다.

네모리   (보고) 아아, 네. 그렇네요. 봤어요.

지카스기, 슬쩍 자기 배에 손을 댄다.

네모리   예쁘네요. (라고, 무미건조하게)

시메노, 건미역 봉지가 바닥에 떨어진 것을 보고, 뭔가
싶어 줍는다.

시메노　　　 (봉지를 확인하고, '어?') 저기요.

지카스기, 배를 누르고 있다.

시메노　　　 설마 이거 먹었어요?

네모리　　　 왜요? 어, 먹었어요? 건미역?

시메노　　　 빈 봉지예요.

네모리　　　 이거 먹었어요?

지카스기　　 네. (대답은 잘한다)

시메노　　　 어머, 괜찮아요?

네모리　　　 왜요? 응? 왜?

시메노　　　 배 아파요? 어머, 괜찮아요?

네모리　　　 그 봉지에, 고객센터 전화번호 없어요? 전화
　　　　　　　해서 물어보죠?

시메노　　　 구급차 부르는 게 나을 거 같은데요?

네모리　　　 어, 그 병원 가려고?

지카스기　　 노란 구급차….

네모리　　　 응?

지카스기　　 노란 구급차….

네모리　　　 (쓴웃음 지으며) 아니, 노란 구급차는 정신이
　　　　　　　이상한 사람 데려가는 구급차고. (시메노에
　　　　　　　게) 아버지 옛날 입버릇이었거든요, 자기 말
　　　　　　　잘 들으라고요. 안 그러면 노란 구급차 부른

다고. 실제론 있지도 않아요.

어디선가 핸드폰 벨소리가 들린다.
네모리와 시메노, 자기 핸드폰을 꺼내 확인한다.

시메노　　(계단을 올려다보며) 위에서 나나? (지카스
　　　　　기에게) 점장님 거 아니에요?
지카스기　네….

지카스기는 고개를 끄덕이더니, 배를 잡으며 2층으로
간다.
네모리, 이상한 사람을 쳐다보듯 보고 있는데, 그때 전화
가 온다.
핸드폰 화면을 보고 얼굴을 찌푸리며 전화를 받는다.

네모리　　네. 네. 맞아요. 네, 그랬어요. 그건 아는데요.
　　　　　저는 말이죠, 내 아내랑 직접 얘기하고 싶거
　　　　　든요, 네? 아니, 그건 말이 안 되죠, 아직 이
　　　　　혼이라는 말은 나온 적이 없는데. 잠깐만요.
　　　　　아니, 그쪽이랑 할 얘기가 아니라니까. 그만
　　　　　실례할게요. 끊는다고요. 들어가세요. (끊는
　　　　　다)

시메노가 그를 보고 있다.

네모리   왜요?
시메노   돈이 필요한 거였네. 그래서 병원 고소하려
         고.
네모리   ….

그때, 지카스기가 계단을 내려온다.
큰 액자를 품에 안고 온다.
네모리와 시메노, 궁금한 얼굴로 액자를 보는데, 그 안에
는 작은 도미의 어탁이 있다.

네모리   이게 뭐예요? 도미?
시메노   멍청하게도 생겼네.
네모리   너무 작네. 도미보다 글자가 더 커요.

지카스기, 무심코 옆에 놓아둔 페트병을 들어 뚜껑을
연다.

시메노   전화는요?
지카스기 전화. 아, 전화요, 네.
네모리   무슨 전화였어요?

지카스기, 페트병 물을 한 모금 마신다.

지카스기   병원이요.
시메노   (지카스기가 물을 마시는 모습을 보고) 점장
         님.
네모리   병원? 뭐래요?
시메노   마시면 안 돼요, 그거 마시면 안 돼요.
네모리   병원에서 뭐래요?

지카스기, 또 마신다.

지카스기   아빠가 돌아가셨대요.

세 사람, ….

네모리   아아 그래요….

지카스기, 액자를 벽에 대고, 네모리에게 보여주는 느낌
으로.

지카스기   잘 오셨어요.
네모리   ('뭐라고?')

아까부터 돌고 있던 선풍기 바람에, 벽에 붙어 있는 포스
터가 팔락인다.
배를 움켜쥐고 웅크리는 지카스기의 모습과 함께, 암전.

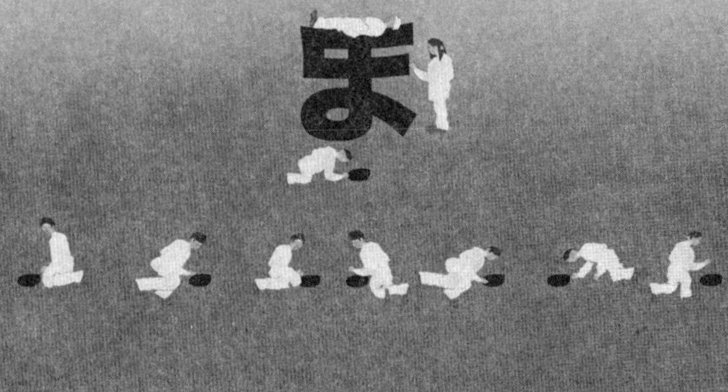

2

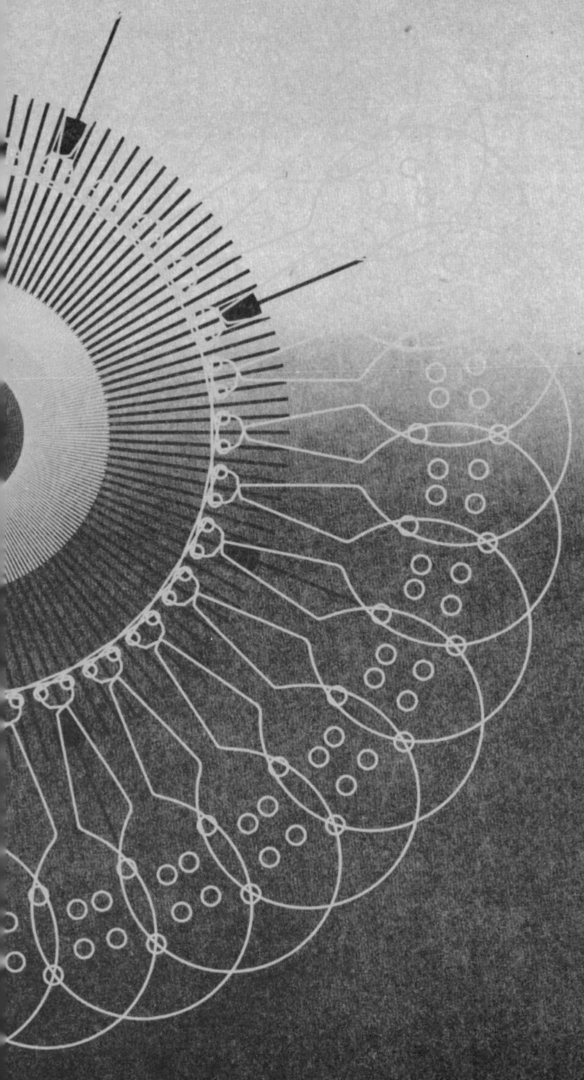

어느 날 밤, 오르골에서 바흐의 미뉴에트가 흐르고 있다.

카운터 위에 유골함이 놓여 있고, 지카스기와 네모리가

그것을 바라보고 있다.

오늘 네모리는 하늘색 줄무늬 셔츠를 입고 있다.

다카라이는 묵묵히 핸드 스피너를 돌리고 있다.

음악이 끝나자, 네모리는 유골함 덮개를 손가락으로 가

리키며.

네모리   방금 어디 눌렀더니 소리가 난 거지?

지카스기   거기요, (끄덕이며) 거기.

네모리가 버튼을 누르자, 유골함 덮개에 들어 있는 오르

골에서 또 미뉴에트가 흐른다.

네모리   (다시 누르자 음악이 멈추고) 그런데 65년을

산 결과가 미뉴에트라는 게… 뭐, 그런 인생
도 있는 건가. (유골함을 보고) 어디 둘 거예
요?

지카스기　어디 둘까요? (둘 만한 장소를 찾는다)

네모리, 담배를 꺼내, 재떨이 옆에 달린 라이터로 불을
붙이려고 하지만, 안 붙는다.
뒤늦게서야 불이 안 붙는 라이터였다는 것을 떠올리고,
원래 자리에 놓는다.

네모리　　장례식은 잘했어요?

지카스기, 유골함을 들고 여기저기 놔두면서.

지카스기　네, 무사히.
네모리　　동물 같은 거 못 봤어요?
지카스기　동물이요?
네모리　　그런 거 본대요. 누가 돌아가시잖아요? 그러
　　　　　　면 그 사람과 인연이 깊은 사람들이 동시에
　　　　　　똑같은 동물을 본대요. 나비도 보고 어떨 땐
　　　　　　도마뱀도 본다고 하고, 여우 보는 사람도 있
　　　　　　고. 돌아가신 분이 마지막으로 인사하러 오
　　　　　　신 게 아닐까, 그런 거요. 못 봤어요?

지카스기, 이리저리 놓아보더니 다시 카운터 위에 놓는다.

지카스기　　못 봤어요. 보셨어요?

네모리　　당연히 못 봤죠. 못 봤구나. 그냥 미신인가.
　　　　　　（유골함을 보고) 솔직히 저 안에 있다는 것도
　　　　　　실감이 안 나니까.

네모리, 도시락 세 개가 들어 있는 비닐 봉지를 유골함
옆에 두고.

네모리　　봐요, 도시락이랑 차이도 없네. 뭐가 유골함
　　　　　　이게요?

지카스기　　이거요. (유골함을 가리킨다)

네모리　　(미소 짓는다)

지카스기　　(미소 짓는다)

네모리　　아, 배는 이제 괜찮아요?

지카스기　　네.

네모리　　그러게, 왜 미역을 먹어요.

지카스기　　네.

네모리　　대답은 잘하네. (도시락을 가리키며) 먹을까
　　　　　　요?

지카스기　　보리차밖에 없는데, 보리차 괜찮으세요?

네모리　　보리차….

지카스기　있어요. (자랑스럽게)

네모리　　보리차 주세요.

지카스기, 탕비실로 간다.

네모리, 가게 안을 둘러보며, 핸드 스피너를 돌리고 있는
다카라이에게 말을 건다.

네모리　　그거 알아요? KFC가 원래는 주유소였대요.
그런데 치킨으로 돈을 엄청 벌고, 커넬 샌더
스가 가게 직원한테 손을 대서 이혼했대요.
저희랑 똑같아요. (유골함을 보고) 이 인간은
내가 와사비 먹을 수 있게 된 것도 모르고, 커
피 마실 수 있게 된 것도 몰라요….

다카라이　네모리 씨, 혼잣말하시네요.

네모리　　(혼잣말이 아니었지만) 네.

다카라이　로손✦에서 알바 시작했어요?

네모리　　로손 유니폼 아니거든요. 밀라노에서 산 거거
든요. 세로줄 무늬가 똑같긴 한데….

다카라이　가로였으면 딱 사가와 택배✦✦네요.

✦ 편의점 체인점 이름. 파란색 세로 줄무늬 셔츠가 유니폼이다.
✦✦ 교토에 본사를 둔 택배회사. 파란색 가로 줄무늬 셔츠가 유니폼
이다.

네모리   …알바님도, 장례식 갔어요?

다카라이   갔어요.

네모리   갔구나. 와. 아, (탕비실을 가리키며) 저 사람 울었어요?

다카라이   가마에.

네모리   가마에? 아, 가마. 화장터요.

다카라이   가마에 불 들어갈 때랑.

네모리   네네, 그쵸.

다카라이   뼈 모을 때.

네모리   네네네네.

다카라이   점장님이 너무 웃는 거예요. 웃었다고 해야 하나, 너무 웃음을 참았어요.

네모리   그게 무슨 말이에요?

지카스기, 리본을 묶은 데코레이션 케이크 상자를 들고 탕비실에서 나온다.

지카스기   다카라이 씨, 안쪽 냉장고에…. (네모리를 본 다)

네모리   (눈이 마주쳐서) 응?

지카스기   …아무것도 아니에요.

지카스기, 케이크 상자를 감추면서 다시 탕비실로 들어

간다.

네모리　　아, 맞다, 나 화장실 가야 되는데.

네모리, 화장실로 들어간다.
지카스기, 이번에는 샴페인 병을 들고 나온다.

지카스기　샴페인이 있었어요.

네모리는 없고, 다카라이가 핸드 스피너를 돌리고 있다.

지카스기　어? 네모리 씨는….
다카라이　집에 가신 거 아닐까요?
지카스기　네…?
네모리　　(목소리만) 화장실에 있어요. 뭐예요? 샴페
　　　　　　인?
지카스기　…아뇨, 보리차예요.

지카스기, 탕비실로 가려는데.

다카라이　(핸드 스피너를 돌리며) 점장님.
지카스기　네.
다카라이　헤이세이◆는 뭐였을까요?

지카스기　…헤이세이.

다카라이　어떤 시대였을까요?

지카스기　…죄송해요, 지금 보리차 끓이다 와서. 나중
에 생각해 봐도 돼요?

다카라이　네, 기다릴게요.

지카스기, 곤란해하며 탕비실로 들어간다.
네모리, 화장실에서 지퍼를 올리며 나온다.

네모리　갑자기 웬 샴페인. 낮부터 무슨 샴페인이에
요. 남프랑스도 아니고. 남프랑스 바닷가도
아니고.

다카라이　네모리 씨, 헤이세이는 뭐였을까요?

네모리　글쎄요, 도시락 먹죠, 도시락.

지카스기, 쟁반에 보리차를 들고 온다.
지카스기와 네모리, 봉지에서 도시락을 꺼내 늘어놓는다.

네모리　쇼카도✦✦ 도시락이에요. 긴자에 있는 백화점

✦ 일본의 연호. 1989년부터 2019년까지를 의미한다.
✦✦ 역사 깊은 도시락 업체로, 검은 칠을 한 목제 용기를 사용하며, 뚜껑
도 있어 고급스러운 느낌을 더한다.

지하에서 내가 30분 줄 서서 사 온 거예요….
(핸드 스피너를 돌리는 다카라이에게) 그쪽
도 드실 거면 좀 도와주시죠?

다카라이　지금 바빠요.

네모리　계속 돌리기만 하잖아요. 같이 좀 해요.

다카라이, 무시한다.

네모리　근무 중 아니에요? 여기가 무슨 남프랑스도
아니고?

지카스기　다카라이 씨는 괜찮아요. 남프랑스?

네모리　(남프랑스 얘기는 됐다는 의미로 손을 저으
며) 뭘 그렇게 돌려요? 팔 뽑을까 보다. 게 다
리처럼 확.

지카스기　('어?'하고 네모리를 본다)

다카라이　저기, 점장님, 방해돼요.

지카스기　죄송해요.

네모리　왜 사과해요?

지카스기　죄송해요.

네모리　왜 사과하냐고.

지카스기　죄송해요.

다카라이　사과한 걸 사과하는 거예요. (조소하듯)

네모리　…먹죠.

지카스기　네.

지카스기와 네모리, 앉아서 젓가락을 손에 든다.

다카라이　아아, 초밥 먹고 싶다.

라고 말하며, 와서 젓가락을 든다.

네모리　…. (다카라이를 노려본다)
다카라이　(도시락을 보고) 새우 들어있나?
네모리　새우 싫어해요?
다카라이　새우는 좀…. (히죽거린다)
네모리　왜요?
다카라이　꼬리가 좀… 아뇨, 아무것도 아니에요.
지카스기　새우 꼬리랑 바퀴벌레 날개 성분이 똑같거든요.

네모리, 다카라이, ….

지카스기　확실히 새우는 겉모습이 거의 곤충이죠. 매미
　　　　　　나 거미 먹는 거나 마찬가지예요. 맛도 똑같
　　　　　　을까요? 잘 먹겠습니다.
네모리　저기, 잠깐잠깐. 지금 왜 그런 말을 해요?
지카스기　(실수했다는 것을 깨닫고) 죄송해요. 잘못했

어요. 잊어주세요.

네모리　그렇게 쉽게 못 잊죠.

다카라이　다른 생각 하면 되지 않을까요?

네모리　다른 생각 뭐요?

다카라이　제일 재미있게 읽은 만화책 같은 거요.

네모리　왜 내가 벌레 잊어버리려고 삼국지를 떠올리면서 도시락을 먹어야 돼요?

지카스기　죄송해요.

네모리　60권이나 되는데.

지카스기　죄송해요.

네모리　…아니, 미안해요. 내가 오늘 좀….

그때, 시메노가 가게 안으로 들어온다.

지카/네모　('아!')

하지만 시메노는 그대로 화장실로 뛰어 들어간다.

네모리　편의점에서도 저러면 욕먹는데.

지카스기　네모리 씨, 지금이에요.

네모리　네?

지카스기　지금이면 아까 얘기 잊어버릴 수 있으니까 얼른 드세요.

네모리 ('아아.'라고 몇 번 고개를 끄덕이며) 말하니까 생각났잖아요.

지카스기 아아.

네모리 괜찮아요. 오늘은 그쪽이랑 사이좋게 밥 먹으려고 온 거니까, 화 안 났어요.

지카스기 네.

네모리 따지고 보면 이제 우리 둘밖에 없잖아요. 혈육은.

지카스기 아.

네모리 (자신과 지카스기를 가리키며) 그거잖아요, 마사히로와 마사노부. 류헤이와 쇼타. 케인과 셰인, 히카킨과 세이킨✦.

지카스기 네. (기쁜 듯)

네모리, 옆에 둔 가방에서 무언가 서류를 꺼내며.

네모리 그래서, 앞으로 소송 준비를 해야 하는데.

지카스기 소송.

✦ 형제가 함께 활동하는 유명인을 나열한 것이다. 다카시마 마사히로와 다카시마 마사노부 형제, 마쓰다 류헤이와 마쓰다 쇼타 형제는 일본에서 활동 중인 배우고, 케인 코스기와 셰인 코스기 형제는 미국 국적의 일본계 배우다. 히카킨과 세이킨 형제는 함께 팀을 이루어 음반을 발표한 유튜버다.

네모리   지금 일단 아버님 진료 기록이나 간호 일지
        를 증거로 확보해야 하니까 변호사를 만나보
        고 있고.
지카스기 (무슨 말인지 잘 모르지만) 네….

화장실 문이 열리고, 시메노가 나온다.

네모리   그래서 일단, 당장 어느 정도 비용이 들거든
        요, 그래서 말인데 (주위를 둘러보며) 여기 땅
        문서나 인감 도장 같은 건 어디 있어요? 2층?
        2층에 있죠?

시메노, 그의 말을 들으며 그에게 다가간다.

네모리   그쪽 안 불렀거든요.
시메노   슈마이가 맛있어 보이네요.

시메노, 지카스기의 도시락에서 슈마이를 집어 먹는다.

네모리   저기요, 지금 손도 안 씻고 남의 도시락을.
지카스기 괜찮아요.
네모리   (시메노에게) 손 안 씻는 게 좋은가 봐요.
시메노   그럼, 안 씻어야겠다. (라고 말하며 한 개 더

집어 먹는다)

네모리　　(지카스기에게) 잘됐네요.

지카스기　(잘 이해되지 않는 상황이지만) 감사합니다.

시메노, 네모리가 꺼내놓은 서류를 보려고 한다.

네모리　　(피하며) 어? 오늘 가슴에 힘주고 왔어요?

시메노　　(서류를 읽으려고 하며) 아뇨.

네모리　　(도망치며) 오늘 유난히 여성미가 넘치네요? 당장 J2리그 축구선수랑 결혼해도 이상하지 않을 만큼 홈쇼핑 전문 모델 같아요. 그런 가슴 만들려면 시간이 얼마나 걸려요?

시메노　　(서류를 빼앗아 읽으며) 아아.

네모리　　(다시 빼앗으며) 남의 걸 왜 멋대로 봐요?

시메노　　그럼, 이거 읽어야겠다.

시메노, 주머니에서 문고판 《배드엔딩 걸》을 꺼내 보란 듯이 읽기 시작한다.

네모리　　('엇')

지카스기　(표지를 보고) 아.

시메노　　이 아저씨 책이에요.

네모리　　(빼앗으려고 하며) 아니거든요.

시메노   (피하며) 뭐가 아니에요, 이름도 쓰여 있는데.

네모리   (빼앗으려고 하며) 이리 줘요.

시메노   네모리 씨는 유명한 소설가였네요.

네모리   아니거든요.

시메노, 앉아서 지카스기에게.

시메노   네모리 씨 소설은 10대들한테 특히 인기가
           있대요. 자극적인 설정에 잔혹한 묘사에 기
           분 나빠지는 결말이 특히 먹히나 봐요. 이 책
           도요, 열네 살짜리 여자애가 마지막에 자살
           하는 내용이에요. 자살해서, 구원받아요.

네모리   …어? 왜 이러지? 갑자기 배가 아프네.

네모리, 밖으로 나가려고 한다.

시메노   마에바시✦에서, 열네 살짜리 여자애가 이 책
           을 읽고 주인공이랑 똑같은 방법으로 자살했
           어요.

네모리, 멈춰서….

✦ 일본 군마현 중앙부에 있는 도시.

시메노　주인공이 숲속에서 목숨을 끊으면서 이런 말을 해요. 깊은 숲속에 나무 한 그루가 쓰러진다 해도 아무도 그 소리를 듣지 못한다. 그러니까 나무는 쓰러지지 않은 거나 마찬가지래요. 아무도 모르게 죽으면 그건 죽는 게 아니다. 나는 죽지 않는다. 나는 누구에게도 발견되지 않은 죽음 속에 살고 있는 거다…. 이런 걸, 이딴 아저씨가 쓴 시 나부랭이에 공감해서, 마에바시에 살던 열네 살짜리 여자애가 죽었어요. 수색대가 시체를 찾았는데.

네모리　꼭 내가 죽였다는 듯이 말하네요.

시메노　그쪽이 쓴 소설을 읽고 죽었잖아요.

네모리　소설에서 비가 왔다 쳐요. 그걸 읽은 날 비가 와서 빨래가 젖었어요. 그게 내 탓이에요? 내가 가서 빨래 걷어줘야 돼요?

시메노, 스마트폰을 꺼내 재생 버튼을 누른다.

기자　（목소리만） 아직도 유가족분들께 사과하러 가지 않았다면서요.

네모리　（목소리만） 좀 그렇잖아요, 불행에 빠진 분들 만나서 무슨 말을 해요.

기자　（목소리만） 작가님이 쓴 소설이 그 학생한테

상처를 준 거잖아요.

네모리 (목소리만) 약한 아이였나 보죠. 소설을 안 읽었어도 어차피 그런 선택을 했을걸요?

기자 (목소리만) 그러면 피해자한테는….

네모리 (목소리만) 저도 피해자거든요. 자기가 원해서 죽은 사람 애기를 왜 저한테 하세요.

시메노, 재생을 멈춘다.

네모리 (등을 돌린 상태라 얼굴은 보이지 않고) …그건요.

시메노 이 기자회견 때문에 네모리 씨는 전국적으로 욕먹고. 연재 다 끊기고, 책도 전부 서점에서 퇴출당하고. 이제 소설 의뢰도 안 들어온다면서요.

네모리 (보리차를 마시고) 심하죠?

지카스기, 네모리의 빈 유리컵을 들고 탕비실로 간다.

네모리 왜 내 탓을 하는 건지.

시메노 당연히 그 학생이 죽은 이유가….

네모리 나랑 왜 헤어지겠다는 거야?

시메노 네?

네모리   "나랑 왜 헤어지겠다는 거야?"라고 물어보잖
아요, 그래서 상대가 그 대답을 해주면 그거
듣고 아, 그렇구나, 하는 사람이 있어요? 당
연히 없죠. 그건 정말 궁금해서 물어보는 게
아니라 헤어지지 말아 달라는 말을 돌려 하
는 거잖아요. 그저 주체할 수 없는 감정 때문
에, 누군가를 탓하고 싶은 것뿐이잖아요. 방
금 그거, 내 술집 사진 올리고, 제멋대로 써재
끼는 놈들이나 다를 게 없어요. 너무한 거 같
지 않아요?

네모리, 갑자기 말을 멈춘다.
등을 돌린 채로, 얼굴을 보여주지 않는다.

시메노   죄책감, 안 들어요?

그때, 탕비실에서 지카스기가 고깔모자를 쓰고 케이크
상자를 들고 나온다.
네모리와 시메노, '뭐하는 거지?'라는 표정으로 그를
본다.

지카스기   …아무것도 아니에요.

지카스기, 탕비실로 다시 들어간다.

네모리　　(시메노에게) 무슨 말이 하고 싶은 거예요?

시메노　　그쪽한테 하고 싶은 말 없어요. (탕비실에)
　　　　　　점장님.

지카스기, 새로 보리차를 따른 컵을 들고 나온다.

시메노　　이 아저씨는요, 사고 치고 돈 떨어져서 지금
　　　　　　이혼당하게 생겼어요. 의료 사고 소송하자는
　　　　　　것도, 그냥 점장님 돈 뜯어내는 게 목적이에
　　　　　　요….

네모리　　저분 아버님이 돌아가신 건 엄연한 사실이거
　　　　　　든요.

시메노　　당신은 관계없잖아요.

네모리　　형제거든요. (지카스기에게) 그렇죠? 마사히
　　　　　　로, 마사노부처럼.

지카스기　(끄덕이며) 케인, 셰인처럼요.

시메노　　그런 말이 잘도 나오네요. 저기요, 3년 동안
　　　　　　저 사람이 얼마나…. (라고 말을 꺼내지만 멈
　　　　　　춘다)

네모리　　네?

시메노, 네모리를 마주한 상태에서 손바닥으로 그를 민다.

시메노   나가요.

네모리   그쪽이나 나가요. (하고, 되받아친다)

시메노   이제 와서 무슨 가족이야. (하고 민다)

네모리   살인간호사. (하고 민다)

시메노   살인소설가. (하고 민다)

두 사람, 손바닥으로 밀어 쓰러뜨리기 게임을 하는 모양새다.

네모리   나가라니까.

시메노   레고나 밟아라.

네모리   네?

시메노   레고 밟고, 뒷걸음질 치다가 한 개 더 밟으시길요.

네모리   …택시 타고 내릴 때마다, 도착하자마자 미터기 올라가길요.

시메노   삼각김밥 뜯을 때마다 김 부서지길요.

네모리   바다나 후지산 지날 때마다 통로 끼고 반대쪽에 앉길요.

시메노   이 사이에 낀 후추, 몇 시간 뒤에야 빠져서 꼭 맨입으로 맛 보길요.

네모리 …택시, 미터기 올라가길요.

시메노 제일 아끼는 만화가 영화화되길요.

네모리 (떠오르는 게 없다) ….

시메노 그래서 원작에는 있지도 않은 여자 주인공
등장하길요.

네모리, 시메노에게 밀쳐져 엉덩방아를 찧는다.

네모리 윽… 고소할 거야. 당신도 고소할 거야.

시메노 점장님, 이 사람 빨리 쫓아내요….

두 사람의 다툼에 우왕좌왕하던 지카스기, 엉덩방아를
찧은 네모리에게로 다가가 그를 일으켜준다.

지카스기 반대쪽 경치도 아름다울 거예요.

네모리 …아, 네.

지카스기 2층 가보지 않을래요?

네모리 2층? 왜요?

지카스기 2층.

네모리 아, 2층. 아, 2층이요. 가요, 2층.

네모리, 시메노를 향해 조소를 날리며, 지카스기와 함께

2층으로 올라간다.

그를 바라보던 시메노, 고개를 돌려, 아까부터 계속 핸드

스피너를 돌리고 있는 다카라이를 본다.

시메노　　그렇게 재밌어요?

다카라이　헤이세이는 뭐였을까요?

시메노, 앉아서 도시락을 먹으며.

시메노　　전에 가스토✦ 직원 중에 헤이세이라는 분이

　　　　　　있었어요. 물어보니까 할아버지 성함도 헤이

　　　　　　세이였다는 거예요.

다카라이　아, 그러면 그분은 쇼와✦✦ 시대부터 헤이세이

　　　　　　씨였던 거잖아요.

시메노　　미래에서 온 사람이죠.

다카라이　미래에서 온 사람이네요.

지카스기, 뛰어 내려온다.

다카라이, 그를 보고 불쑥 일어선다.

✦ 경양식과 가정식을 파는 일본의 저렴한 패밀리레스토랑 체인점.

✦✦ 일본의 연호이자 시대 구분. 헤이세이 직전의 시대로, 1926년부터
1989년까지를 의미한다.

다카라이   할까요?
지카스기   네.
시메노   ('뭐지?')

지카스기는 곧바로 탕비실로 들어가고, 다카라이는 테이블 위 도시락을 정리해 탕비실로 옮긴다.
시메노, 무슨 일인지 영문도 모른 채 지켜보고 있는데, 곧 고깔모자를 쓰고, 케이크 상자를 든 지카스기와 샴페인을 손에 든 다카라이가 탕비실에서 나온다.

시메노   뭐 하는 거예요?
지카스기   오늘, 네모리 씨 생일이거든요.
시메노   그렇구나. 축하해주려고요? 아, 네.
지카스기   서프라이즈 파티요.
시메노   아까 케이크 들고나온 거 이미 봤을 텐데.
지카스기   아….
시메노   괜찮아요, 몰랐을 거예요.

지카스기, 상자를 열자 커다란 데코레이션 케이크가 보인다.

시메노   세상에. 굉장하네요. 떨어뜨리지 않게 조심하세요.

지카스기　（그 말에 놀라 멈춰서） ….

시메노　　천천히.

지카스기　네. 다카라이 씨, 저 여기 촛불에 불붙일게요,
　　　　　그러니까, 위에 올라가서 불 꺼주세요.

다카라이, 고깔모자를 쓴 채로 가려고 한다.

시메노가 그녀를 저지해, 모자를 벗긴다.

다카라이, 2층으로 간다.

둘만 남아, 시메노가 지카스기를 바라본다.

살짝 고개를 기울여 지카스기의 옆얼굴을 본다.

지카스기, 긴장하며 케이크에 초를 꽂는다.

시메노, 집중한 그의 옆모습을 바라본다.

지카스기　（시선을 느끼고 수줍어하며） 왜요?

시메노　　남자는 뭔가에 집중할 때 향기가 난대요.

지카스기　그럴 리가요.

시메노, 뒤에서 지카스기의 목덜미 냄새를 맡는다.

시메노　　그렇대요.

지카스기　휘발유 냄새만 날 텐데.

시메노　　그 너머로 지카스기 씨 냄새가 나요.

지카스기　네…?

시메노   이 사람 좋은 향기가 나네, 싶은 사람이 자기
한테 제일 잘 맞는 사람이래요.

지카스기   아아.

시메노   (2층을 올려다보고) 이런 거 설레지 않아요?

지카스기   ('네?')

시메노   처음엔 깜짝 놀랐어요. 형이라는 사람이 저를
여기로 데려왔을 때요. 혹시 나랑 지카스기
씨 관계, 들켰나? 어떡하지? 그랬는데, 괜찮
아요, 안 들켰어요.

지카스기   저랑 시메노 씨.

시메노   그렇게 말하니까 어색해요?

지카스기   (고개를 젓는다)

시메노   괜찮아요. 나한테 맡겨요. 그 사람이 의심하
는 건 나랑 병원이니까. 만에 하나 들켜도 내
가 감옥 가면 돼요.

지카스기   시메노 씨한테 폐를 끼치면….

시메노   끼쳤으면 좋겠어요. 그런 식으로 말하면 저
당황스러워요…. 너무 부담돼요?

지카스기   저를 도와주셔서 감사드려요.

시메노   그런 격식 차린 말.

지카스기   감사 표시로 아무것도 해드릴 게 없어서….

시메노   감사 표시요. (쓴웃음을 짓고) 저는 애초에
인생을 운에 맡기고 사는 사람이에요◆. 그날

도요, 바로 전날에 라멘 먹으려고 줄을 섰는
데, 제 순서가 밀렸는데도 아무 말도 못 했어
요. 나중에 라멘을 먹는데 맛이 없더라고요.
그러고 사는 게 싫었어요. 간호사실에서는
저더러 하고 싶은 말 잘하게 생겼다는데. 어?
내가 어딜 봐서 그렇게 생겼을까. 아줌마, 나
일 년 내내 폐점 세일하는 가게처럼 살아요.
내가 원래 마룻바닥에 앉아서 주는 대로 받
아먹는 사람이거든요. 가만, 감옥 가면 진짜
그러고 살겠네…. 감옥은 마룻바닥이 아니라
장판인가? (쓴웃음을 짓는다)

시메노, 2층을 보고.

시메노　　저 사람은 당신이 3년 동안 어떻게 살았는지
몰라요. 그래도 형이니까. 원만하게 할게요.
원만하게 사라지게 만들게요.

지카스기, 초를 다 꽂았다.

♦ 원작의 대사는 "저는 원래부터 바닥에서 공짚기(あみだくじ)만 하면
서 사는 사람이에요."로, '공짚기'란 사람 숫자만큼 줄을 긋고 가린 뒤
그 아래 금액을 적어, 각자 고른 줄을 따라가 해당하는 돈을 내고 음식
을 사서 나눠 먹는 내기 방식을 의미한다. '사다리 타기'와 비슷하다.

시메노, 고무줄로 연결된 라이터를 잡아당긴다.

지카스기, 불을 붙이려고 하는데 잘 안 붙는다.

시메노, 라이터를 받아 들고, 한 번에 붙인다.

촛불에 불을 밝힌다.

지카스기 감사합니다.

시메노 아니에요. 다녀오세요.

지카스기, 고개를 끄덕이고, 조심스럽게 케이크를 손에 들고 2층으로 향한다.

시메노, 그가 지나갈 길에 방해가 될까 봐 휘발유통을 치워주며.

시메노 안 떨어뜨리게.

지카스기 (움찔한다)

시메노 조심해요. 떨어뜨리면 큰일 나요.

지카스기 …네. 괜찮아요. 절대 안 그래요.

시메노 절대 안 그러는 건 없어요.

지카스기 ….

시메노 천천히.

지카스기 네.

시메노 떨어뜨리지 않게.

지카스기 (미소 지으며) 안 떨어뜨려요.

지카스기, 손을 놓쳐 케이크를 떨어뜨린다.
지카스기, …, 시메노, ….

시메노　　…어. 아. 어, 왜.

지카스기, 멈춰 서 있다.
시메노, 지카스기의 어깨에 손을 올리고.

시메노　　이거 어디서 샀어요? (시계를 보고) 아직 열
　　　　　　었으려나. 잠깐만요. 새것 사 올게요.
지카스기　　(고개를 젓는다)
시메노　　금방 갔다 올게요.

시메노, 가방을 들고 나가려고 한다.

지카스기　　사 오셔도 또 똑같을 거예요.
시메노　　치우고 계세요.
지카스기　　아니에요. 저, 아니에요.
시메노　　벌써 문 닫았으면 어떡하지….

시메노, 밖으로 나간다.
망가진 케이크를 내려다보며, 지카스기는 가만히 서 있
는다.

그리고 탕비실로 간다.

그는 파이프 의자를 들고 나온다.

의자를 펴서, 케이크의 잔해를 앞에 두고, 앉는다.

아, 이게 아닌데, 라고 깨닫고, 의자를 접어 다시 간다.

이번에는 대걸레와 양동이를 가지고 온다.

막 치우려는데 네모리가 계단을 내려온다.

네모리   저 알바 왜 저래요? 갑자기 방 불을 껐다가
            켰다가, 무서워 죽겠어요. 왜 끄냐고 했더니,
            물고기는 눈을 뜨고 잔대요, 그러면서 입도
            안 벌리고 흐흐흐 웃어요. 흐흐흐흐. 무서워
            죽겠어. (청소 중인 지카스기를 보고) 응?

지카스기   응?

네모리   저런. 떨어뜨렸어요?

지카스기   네.

네모리   아까워라…. 아. 어? 어라, 설마. 이거 내 케이
            크?

지카스기   아니에요.

네모리   내 거 맞죠? 내 생일 케이크죠?

지카스기   아니에요, 서프라이즈 케이크예요.

네모리   내 거 맞잖아요. 내 서프라이즈죠?

네모리, 웅크리고 앉아 바닥에 있는 케이크의 잔해를

본다.

네모리   …여긴 깨끗하네. (하고 손가락으로 조금 떠
서 먹는다)

지카스기   ('어?'하고 네모리를 본다)

네모리   눈이랑 똑같아요, 땅에 안 닿은 데는 먹어도
돼요.

지카스기   (맞는 말 같아서 끄떡이며 주변을 본다)

네모리   (손가락으로 가리키며) 여기, 여기는 다 먹어
도 되겠네.

지카스기   (손가락으로 떠서 먹더니 맛이 있어서) 아아.

네모리   (손가락으로 떠서 먹으며) 갑자기 홍차가 당
기네요.

지카스기   홍차. (곤란한 표정)

네모리   아니아니, 신경 쓰지 마요. (먹고) 케이크를
오랜만에 먹어서요. 고마워요.

지카스기   (기뻐서) ….

네모리   3년 동안 자식 생일도 못 챙겨줬어요. 아, 내
잘못 아니에요. 그쪽에서, 너무 멀어서.

지카스기   …. (이쪽 드시라고 케이크를 권한다)

네모리   동정하지 말아요. 뭐, 돈이 끊어지면 인연도
끊어진다는 말이, 부모 자식 간에도 통하는
말이었나 봐요.

지카스기   소설.

네모리   응?

지카스기   소설, 의뢰가 안 와서 그런 거예요?

네모리   (쓴웃음) 그 얘긴 됐어요.

지카스기   어떻게 하면 의뢰가 와요?

네모리   뭐야, 안 듣는 줄 알았는데 들었어요?

지카스기   다시 쓰게 해달라고 부탁하면.

네모리   누구한테요?

지카스기   (고개를 갸우뚱한다)

네모리   소설 의뢰가 안 오는 게 문제가 아니에요. 내
가 못 쓰겠어요.

지카스기   ('어?'하고 네모리를 바라본다) ….

네모리   아아, 맛있다. 배부르네. 이제 그만 먹어요.
또 배탈 날라.

네모리, 끈적끈적해진 손을, 지카스기의 목에 걸린 수건
으로 닦는다.

네모리   왜 이렇게 더러운 수건을 걸고 다녀요. 닦다
가 때가 더 묻겠네. 됐다.

네모리, 일어나려다 멈춘다.

네모리   어.

지카스기   응? (잡아주려고 손을 뻗는다)

네모리   아니아니 잠깐만, 만지면 안 돼요.

지카스기   네? (하고 또 손을 뻗는다)

네모리   만지지 말라니까. 만지지 말라고 했잖아요.

지카스기   아, (하고 또 만지려고 했다가) 아, 네. (하고
        물러선다)

네모리   아아. (하고 신음한다)

지카스기   아프세요? (또 손을 내민다)

네모리   만지지 마요. 아프지는 않아요. 그런데 언제
        아파질지 모르는 상태예요.

지카스기   (손을 뻗으려고 하면서) 옮겨드릴까요?

네모리   뭘 옮겨요? (쓴웃음) 하나도 모르네. 내 몸에
        균형을 잡아주는 축이 있는데, 그게 움직이
        면 난 무너져요.

지카스기   아. 젠가처럼요?

네모리   ….

지카스기   죄송해요.

네모리   맞아요. 젠가처럼요. 나는 지금 젠가예요.

지카스기   나는 지금 젠가예요. 그것참 아이코 노래 가
        사 같은 말이네요. (손을 뻗는다)

네모리   만지지 말아요. 진짜 만지지 말라고. 만지지
        마. 어떻게 하면 만지지 말라는 말을 알아먹

을래?

지카스기 (손을 뻗으려다 말고) 네.

네모리, 천천히 일어서서 걸어본다.

네모리 절대로 만지면 안 돼요. (스스로에게) 좋아.
　　　　　됐어. 좋아. 그래, 이제 됐나 보다.
지카스기 다행이다. (만지려고 한다)
네모리 만지지 말라고. 만지면 괜찮지가 않다고.

네모리, 소파에 걸터앉는다.

네모리 청소해요, 청소.
지카스기 네.

지카스기, 케이크 잔해를 모아 양동이에 넣고, 바닥을 대
걸레로 닦기 시작한다.

네모리 왜 만지지 말라는데 자꾸 만지려고 하는 건
　　　　　지.

네모리, 몸을 눕히고, 머리맡 카운터에 있는 유골함을 올
려다본다.

네모리   (문득 무언가가 떠올라) 진짜로 웃었어요?

지카스기   (청소하며) 네?

네모리   장례식 때 웃었다고 하던데.

지카스기   안 웃었어요.

네모리   웃음 참았죠? 왜? 뭐가 웃겼어요? 기뻤어요?

지카스기   (고개를 젓는다)

네모리   (쓴웃음) 아니, 그런데 알 것도 같아요. 나도 이 인간한텐 관심도 없었고, 뭐, 피차일반이랄까. 그래서, 물론 기쁜 건 아니지만, 갈등 같은 것도 전혀 없으니까요.

지카스기, 말이 없다.

네모리   (하품하며) …아, 그런데 그쪽처럼 장례식에서 웃는 사람 본 적 있어요. 그 사람은….

네모리, 또 하품하고, 눈을 감는다.

지카스기, 대걸레질을 계속한다.

양동이에 걸어둔 수건으로 바닥을 깨끗하게 닦는다.

다 닦은 뒤, 대걸레와 양동이를 들고 탕비실로 간다.

네모리는 여전히 눈을 감은 채 누워 있다.

지카스기, 탕비실에서 다시 나온다.

하지만 반쯤 보이는 지점에 서서 미동도 하지 않는다.

네모리, '응?'하고 얼굴을 들어 주변을 둘러보고 지카스
기가 안 보여 의아해하지만, 곧 다시 눈을 감는다.
지카스기, 카운터에서 천천히 나온다.
네모리의 옆에 쭈그리고 앉아, 자고 있는 듯한 네모리의
얼굴에 가까이 간다.

지카스기　…형. 일어나. 일어나. 일어나. 일어나. 형. 일
　　　　　어나. 나 좀 도와줘.

대답이 없는 네모리, 잠이 든 듯하다.

지카스기　어떡하지. 가만히 못 있겠어.

지카스기, 네모리의 어깨를 흔들며.

지카스기　아빠를 죽였어. 아빠를 죽이고 말았어. 어떡
　　　　　하지. 좀 도와줘. 형. 도와줘.

지카스기, 소파를 들어 뒤집어서 네모리를 떨어뜨린다.

네모리　　아… 아, 아, 으아. 뭐야. 응? 아, 잤나? 잤나
　　　　　봐요. 잠이 들었나 봐요. 아아.

지카스기, 네모리를 보고 있다.

네모리　　　(눈을 마주치지 않고) 아아 꿈꿨어요. 너무
　　　　　　　이상한 꿈을 꿨어요.

네모리, 소파를 원래대로 세운다.

네모리　　　시사⁺ 알죠, 시사 스물네 마리가 내 젖꼭지를
　　　　　　　핥는 꿈이었어요. 제일 끔찍한 건 기분이 좋
　　　　　　　더라고. 아, 시간이 벌써 이렇게 됐네. 가야겠
　　　　　　　다. 아아, 가야지. 가자가자.

네모리, 가방을 들고 나가려고 한다.

지카스기　　형, 그거. 노란 구급차 불러줘.
네모리　　　갈게요.
지카스기　　노란 구급차 불러주세요.
네모리　　　실례 많았습니다.

네모리, 도망치듯 나가버린다.
지카스기, 홀로 남겨진다.

✦ 오키나와에서 액막이로 지붕 등에 붙여놓은, 옹기로 된 사자상.

2층에서 핸드 스피너를 돌리면서 다카라이가 내려와, 돌
처럼 굳어있는 지카스기를 본다.

다카라이   점장님, 서프라이즈 어떻게 됐어요? 네모리
            씨 어디 있어요? 시메노 씨는요?

지카스기, 다카라이가 돌리고 있는 핸드 스피너를 보고
있다.

다카라이   ('어? 뭐지?') 저 퇴근해도 돼요?

지카스기, 다가온다.

다카라이   왜 그러세요? 아, 무서워, 무서워요. 무섭다
            니까요. 점장님, 너무 무서워요.

지카스기, 손을 뻗어 핸드 스피너를 빼앗으려고 한다.
다카라이, 피한다.

다카라이   왜 이래요?
지카스기   팔 뽑을까 보다. 게 다리처럼 확.

지카스기는 손을 뻗고, 다카라이는 뿌리친다.

지카스기의 목에 걸려있던 수건이 바닥으로 떨어진다.

다카라이는 공포에 질려 도망친다.

지카스기, 그녀를 쫓는다.

다카라이는 2층으로 도망가고, 지카스기도 그 뒤를 쫓아, 두 사람의 모습이 사라진다.

사이.

다카라이의 신음이 들리고, 이어서 계단으로 핸드 스피너가 굴러떨어진다.

괴상한 방향으로 꺾인 팔을 움켜쥐고, 다카라이가 뛰어내려온다.

신음하며 바닥에 주저앉는다.

암전되어 가는 무대 위, 계단을 내려오는 지카스기의 그림자가 보인다.

3

또 다른 날 밤, 밖에는 부슬부슬 비가 내리고 있는 듯하
다.
유니폼 차림의 시메노가 화장실에서 나와 문을 닫는다.
선풍기 바람에 또 벽에 붙어 있는 종이 포스터가 팔락
인다.
시메노, 선풍기를 끄고, 포스터를 고정시키고, 밖으로 나
간다.
그녀와 스치듯 네모리가 핸드폰으로 통화하면서, 비에
조금 젖은 채 안으로 들어온다.
오늘은 퍼플 계열의 폴로 셔츠를 입고 있다.

네모리　　(어린애한테 하는 말투로) 뭔데. 뭐 먹고 있
　　　　　어? 토스트? 왜 밤에 토스트를 먹어? 그래, 토
　　　　　스트. 응? 니 마음이지. 맞아, 그런데. 여보세
　　　　　요. 여보세요. 여보세요…. (단념하고 끊는다)

의자에는 지카스기가 늘 두르고 다니던 더러운 수건이
걸쳐 있다. 지저분하긴 하지만 하는 수 없다는 듯, 네모
리는 그것으로 젖은 옷을 닦기 시작한다.
시메노가 긴 호스를 잡아끌면서 다시 들어온다.
그녀의 뒤로, 골절된 팔에 기브스를 한 다카라이가 들어
온다.

시메노　　　점장님 없는데, 제가 월급을 드릴 수도 없고.
다카라이　　우리 가게는요, 알바가 계산대에서 자유롭게
　　　　　　　월급을 빼 가도 되는 시스템이거든요.

시메노, 무시하고 호스를 감기 시작한다.

다카라이　　내 팔을 부러뜨렸거든요.
시메노　　　거짓말.
다카라이　　난 거짓말 안 하거든요.
시메노　　　다카라이 씨, 내 라멘 블로그에 댓글 달았죠?
다카라이　　달았어요.
시메노　　　왜 남의 블로그에 남자 친구 버릇을 적고 난
　　　　　　　리예요? 갑자기 길게 자기 썸남 얘기 쓴 거
　　　　　　　맞죠?
다카라이　　재미있을 것 같아서요.
시메노　　　존재하지도 않는 남친 얘기 하고 다니는 거,

그거 말기예요.

다카라이   존재하거든요.

시메노   또 거짓말하는 것 봐.

다카라이   그러면 왜 내 팔이 부러졌을까요?

시메노, 일이 서툴러 호스가 잘 안 감기고 있다.

다카라이   아아, 그게 아니라. 이렇게 감아야죠.

시메노   이렇게?

다카라이   아니요, 이렇게.

시메노   이렇게?

다카라이   아니.

다카라이, 시메노에게 비키라고 하고, 호스를 발로 밟은
뒤 한 손으로 능숙하게 감기 시작한다.
밖에서 덜그덕 소리가 난다.

다카라이   손님 왔네요.

시메노   차 소리는 안 나는데요.

다카라이   프리우스✦같아요.

시메노   (전표와 수건을 집어 들며) 잘 아시네요.

✦ 도요타 자동차가 1997년부터 제조 및 판매하고 있는 승용차.

다카라이　　하수도 덮개 소리. 두 번 날 거예요.

시메노, '아아.' 하고 이해했다는 듯 밖으로 나간다.

시메노　　　오라이, 오라이, 오라이.

네모리, 이상한 발음에 이끌려 시메노 쪽으로 시선을 주다가, 다카라이가 호스를 감고 있는 것을 본다.

네모리　　　알바님 컷팅 시트 잘 붙여요?
다카라이　　저한테 물어본 거예요?
네모리　　　너무 잘하셔서.
다카라이　　오늘은 교토 산가✦ 유니폼이네요?
네모리　　　밀라노에서 산 거예요. 저는 평생 살면서 머
　　　　　　릿속에 교토 산가를 떠올려 본 적이 1초도 없
　　　　　　어요.

다카라이, 호스를 깔끔하게 감아 솜씨 좋게 고정한 뒤 순식간에 고리에 걸어 놓는다.

네모리　　　그 팔이요, 경찰에 신고할 거예요?

✦ 일본의 교토 지역과 그 근방을 본거지로 하는 프로축구클럽.

다카라이　점장님 하는 거 봐서요.

네모리　돈?

다카라이　네모리 씨도 똑같잖아요.

네모리　여기 땅문서 어디 있는지 알아요?

다카라이　그걸 알면 제가 가지고 가죠.

네모리　없어진 지 3주 됐죠? 어디 갔을까요?

다카라이　제2, 제3의 범행을 하러 갔겠죠?

네모리　그게 무슨 말이에요?

다카라이　어젯밤 미타카에서, 누가 어떤 여자한테 등유를 뿌렸대요.

네모리　네?

다카라이　그리고 롯폰기힐스에 있는 거미 오브제◆ 다리 하나를 누가 부러뜨렸대요.

네모리　그건 좀 아닌 거 같은데요? 물론 큰 사건이지만.

다카라이　그리고 어제 저, 편의점에서 도시락을 비닐봉지에 세로로 넣어줬어요.

네모리　그건 뭐, 그쪽한테는 큰 사건이겠지만….

◆ 조각가 루이즈 부르주아의 거미 모양 조형물인 〈마망Maman〉. 1999년에 완성된 이 작품은 9미터가 넘는 대형 조각으로 세계 곳곳의 유명 미술관에 설치되어있다. 일본에서는 모리타워 53층에 위치한 모리미술관이 이 조형물을 지상 야외에 전시하는 파격적인 선택을 강행해 공공예술의 상징물이 되었다.

다카라이　무슨 일이 일어나도 이상할 게 없어요. 점장
　　　　　님은 지금 각성상태니까요.

네모리　각성.

다카라이　보면 꽤 있어요. 자기가 사실 금성이라고 정
　　　　　체를 밝히는 그런 사람들이요.

네모리　네에.

다카라이　당신은 화성이냐고 물어보길래 아니라고 하
　　　　　니까, 어느 틈에 내 신발을 감춰놨더라고요.

네모리　망상의 스케일이 큰 거에 비해 행동력은 좀
　　　　　스럽네요. (지카스기를 떠올리며) 알바님은,
　　　　　전부터 그 애가, 그런 성향이 있다는 걸 알고
　　　　　있었어요?

다카라이　네모리 씨, 동물원 가서 기린 보고, 목이 길구
　　　　　나, 하세요? 얼룩말 보고, 와, 얼룩무늬가 있
　　　　　네, 하세요?

네모리　네, 해요.

다카라이　기린도요, 네모리 씨 보고 목이 왜 저렇게 짧
　　　　　아? 할 거예요. 얼룩말도 네모리 씨 보고 쟤
　　　　　는 민짜네, 할 거예요.

네모리　네?

다카라이　민짜가 당연하다는 생각은 버리시라고요.

다카라이는 위의 대사를 말하며 카운터로 들어가 돈을

꺼낸다.

네모리　…알바님? 그래도 되는 거예요?

밖에서 돌아온 시메노, 다 빨린 수건들이 담긴 바구니를
내려놓고, 카운터로 들어간다.
그리고 페인트볼을 움켜쥐고, 다카라이를 위협한다.
다카라이, 기브스한 팔꿈치로 시메노의 가슴을 누른다.
시메노, 우뚝 버티고 선다.

다카라이　(계속 눌러보지만) …아이씨, 아파. (팔을 움
　　　　　켜쥔다)
시메노　내가 여기 지키기로 했거든요.
다카라이　그쪽 혼자 점장님한테 마음 있어서 이러는
　　　　　거잖아요?
네모리　(입을 떼려는데)
시메노　왜요?
시메/다카　아무것도 모르는 주제에.

다카라이, 다시 한번 기브스한 팔꿈치로 시메노의 가슴
을 누른다.

다카라이　(계속 눌러보지만) …아이씨, 아파. (팔을 움

켜쥔다)

다카라이, 휘발유통을 발로 차더니 밖으로 나간다.

네모리   저 사람은 학습이 안 되나? (다카라이 쪽을
          보다가 뒤를 돌아본다)

시메노   (네모리를 노려보고 있다) 뭐 하러 왔어요?

네모리   지카스기가 어디 있는지 알아요?

시메노, 카운터 위에 수건을 내려놓고, 개기 시작한다.

네모리   제2, 제3의, 그거를, 저지를지도 모르거든요.
          저기요, 지카스기랑 무슨 관계예요? 전부터
          아는 사이예요? 병원에서? 사귀어요? 사귀는
          사이였어요, 이미 전부터?

시메노   하필 왜 그쪽일까요. 왜 당신이 그 사람 형일
          까요?

네모리, 문득 떠오르는 것이 있지만, '글쎄.'라는 표정을
지으며, 시메노 앞에 산처럼 쌓인 수건 중 일부를 테이블
위로 옮겨 와 개기 시작한다.

네모리   그 애가….

개다 말고 '응?'하며 일어선다.

네모리   (시메노가 개는 것을 보고) 먼저 세로로 접네
요.

네모리, 다시 자리로 와서 개기 시작한다.

네모리   그 애가 아버지를 재로 만들었어요. 저기, 유
골함에 넣었다고요. 그 애가 상주라는 말을
하려는 게 아니에요, 진짜 살인을 저질렀다
는 말이에요.

시메노, 반응하지 않고, 묵묵히 수건을 개고 있다.

네모리   (돌아보고) 역시 그런 거예요? 그쪽도 공범?

시메노, 부정하지 않고 묵묵히 수건을 개고 있다.

네모리   아, 목격했어요?
시메노   (개면서) 호출 버튼을 눌러서.
네모리   아아, 호출이 와서 병실로 간 거였구나. 그랬
더니 개가 있었나 보죠? 이미 살인은 끝내
고?

시메노   있었어요. 제가 갔을 땐 이미 숨이 멈춘 상태
          였어요.
네모리   튜브는, 호흡기요.
시메노   매듭이 있었어요.
네모리   왜 바로 의사 안 불렀어요?
시메노   꼭 남의 일 말하듯 하시네요.
네모리   난….

시메노, 의자에 걸쳐 있던 지카스기의 수건을 가리킨다.

시메노   저 수건이요.
네모리   네?
시메노   그거요.
네모리   아아. 걔 수건이요.
시메노   얼룩이 많죠?
네모리   이렇게 더러운 걸 잘도 목에 두르고 다니네
          요.
시메노   그거, 아버님 대변 얼룩이에요. 환자분이 쓰
          러지시고 2년 반 동안 쭉 지카스기 씨가 뒤
          닦아드렸던 수건이에요.

네모리, 얼굴을 찌푸린다.

시메노   텔레비전에서 간병 얘기가 나와도 용변 장면
은 안 나오니까 모르겠죠. 간병은 기본적으
로 '아, 똥이 여기 있구나'의 연속이에요. 방,
화장실, 식탁, 어디든 있거든요. 매일 똥을 닦
으면서 살고, 살면서 닦고. 손톱 사이, 손가
락 마디, 거울 보면 자기 턱에도 있고, 외출해
서 소매 보면 아, 똥이 여기도 있었네. (미소
짓지만, 웃음기는 곧바로 사라진다) 환자 본
인도 힘드니까, 화풀이를 하거든요. 꼬집어
요. 꾹 꼬집히면, 속에서 증오 같은 감정이 덩
어리로 올라와요. 아아, 이 사람은 이제 내가
알던 그 사람이 아니구나, 깨닫게 되죠. 직장
다니면서 혼자 간병하는 거, 보통 두세 달이
면 한계가 와요. 50년을 같이 산 아내라도 간
병 시작하고 석 달이면 지옥을 보고요, 언제
죽나, 소리가 절로 나온다니까요. 그걸 그 사
람은 2년 반을 했어요. 그런 사람을 욕하겠다
고? 이야, 대단하네요. 성인군자가 따로 없어
요, 훌륭하세요. 그 사람이 그쪽한테 엽서 보
냈다고 했죠? 애초에 엽서에 다 담지도 못할
얘기지만. 분명히 도와달라고 썼을 거예요.
그쪽이 안 읽은 엽서요. (문제의 그 날을 떠
올리며) 바로 전날에 그사람은요. 아빠, 개랑

고양이 양말 중에 뭐가 좋아요? 또 올게요,
그러면서 손을 잡았어요. 그러고, 그런 대화
를 나누고 바로 다음 날에 일이 터진 거예요.
내 생간엔, 간병 살인 저지르는 사람은 전국
의 간호사들이 다 같이 머리 굴려서 은폐해
줘야 한다고 봐요.

시메노, 다 갠 수건을 바구니에 넣는다.

시메노   아, 그런데 이거 딱히 이해받으려고 한 말은
아니에요. 앞으로 여기 발 끊어주기만 하면.

시메노, 네모리가 갠 수건도 바구니에 넣으려고 하는데,
멈칫한다.
네모리는 토끼 모양으로 수건을 접고 있었다.

시메노   (토끼 수건을 집어 들며) 토끼는 왜 만들어
요?

네모리   우리 아들이 요즘 밤에 토스트를 먹거든요.
무슨 일 있나. 밤에 토스트를 먹는다는 건 무
슨 일이 생겼다는 걸까요?

시메노   (한숨 쉬고) 이딴 쓰레기한테 화를 내봤자 내
힘만 빠지지.

네모리   맞아요, 쓰레기통을 차면 결국엔 찬 사람이
          치우게 되어있어요. 아, 이거 내가 만든 속담
          이에요.

시메노   나가주세요. 그 사람, 오기 전에….

네모리   걔가 오면, 어쩔 건데요?

시메노   글쎄요…. (내심 조금 부끄러워진다)

네모리   그쪽도 살해당할걸요.

시메노   …네?

네모리   간병하다 지쳐서 아버지를 죽였다고요? 그건
          그쪽이 지어낸, 그냥 이런 거였으면 좋겠다
          는 스토리 아니에요?

시메노   (순간 경악하며) 다른 이유가 없잖아요, 그
          사람이 나를 죽일 이유는 더 없고.

네모리   이유요? 또 이유예요?

시메노   아무것도 모르면서….

네모리   아, 미안한데, 저는 앉아 있는 상태에서 서 있
          는 사람이랑은 대화를 잘 못하거든요.

시메노, 욱하지만, 네모리의 맞은편으로 가 앉는다.

네모리   벨튀해 본 적 있어요?

시메노   네?

네모리   그리고 버스 버튼 있잖아요. 다음에 안 내릴

건데 눌러본 적 없어요?

시메노　　있는데요.

네모리　　엘리베이터 버튼 전부 누른 적은요? 5층에서
내릴 건데, 전부 누른 적.

시메노　　있어요.

네모리　　보면 누르고 싶죠, 누구나 그런 경험 있을 거
예요, 좀 심한 경우엔 학교 비상벨 누르는 애
도 있잖아요.

시메노　　무슨 말이 하고 싶은 거예요?

네모리　　무슨 말이 하고 싶은 걸까요. 저도 지금 떠오
르는 대로 말하는 거예요.

네모리, 또 다른 수건으로 토끼를 만들면서.

네모리　　예를 들어, 뭐가 좋을까. 전에 내 담당 편집자
중에 구노 씨라고 있었거든요. 구노 씨는, 뭐
더라, 오렌지렌지◆다. 오렌지렌지. 어렸을 때
오렌지렌지의 〈로코로션〉이라는 노래를 좋
아했대요. 그래서 용돈 모아서, 태어나서 처
음으로 CD를 샀대요. 너무 좋아서 CD가게에

◆ 일본의 5인조 록밴드. 오키나와를 거점으로 2001년에 데뷔했다. 대
표곡 중 하나인 〈로코로션〉은 2004년에 발매되어 큰 인기를 얻었다.

서 집까지 뛰어왔대요. CD플레이어 앞에서 케이스를 열고, 이제 들어봐야지, 하면서 CD를 보는데 갑자기 이런 생각이 들더래요. 얇네. 손으로 툭하면 부러지겠다. 안 되지, 부러지면 〈로코로션〉 못 듣잖아. 안 돼, 절대로 안 돼, 그러면서 구노 씨는 CD를 부러뜨렸대요. 그냥 플라스틱 조각으로 만들어버린 거예요. 그걸 보고 구노 씨는 엄청 울었대요. 이제 〈로코로션〉 못 듣는다고. 가엽게. 이 세상에는, 하면 안 된다고 생각하면 거꾸로 하고야 마는 사람이 있다는 말이에요.

네모리, 토끼를 완성해 시메노 앞에 놓는다.

시메노　(나쁜 예감이 들어) ….

네모리　그리고 또 다른 예. 뭐가 있을까. 아, 건미역을 먹는 사람. 그거 먹으면 속에서 불잖아요? 머리로는 알거든요. 먹으면 안 된다고. 안 돼, 절대 안 돼. 그런 생각을 하는 순간에도 이미 머릿속에는 그걸 먹고 있는 자기 모습이 떠올라요. 한번 떠오르면 그 생각을 멈출 수가 없어요. 안 돼, 안 돼, 안 돼, 생각하면 할수록 상상이 더 커져요. 괴로울 정도로 빵빵해

질 때까지 부풀어 오르면 그걸 막을 방법은 하나밖에 없어요. 하는 거죠. 저지르는 거예요. 생각을 실행해요. 미역을 먹어버려요. 그 사람도 좋아서 하는 게 아니에요. 왜 그랬을까, 본인도 충격일 거예요. 그걸 알면서도, 잘 알면서도 소중한 케이크를 떨어뜨려요. 장례식에서 웃음을 터뜨려요. 아버지 호흡기 튜브를 볼 때마다, 아아 이거 묶이겠는데? 묶어 볼까. 묶으면 큰일 날 텐데. 그러면 아버지 돌아가실 텐데. 묶으면 안 돼. 금방 묶이겠는데. 안 돼, 안 돼, 아아 묶을 수 있는데. 그런 생각을 매일 하면서 병원을 다녀요. 집에 와서도 생각이 나요. 오늘은 잘 참았다. 내일도 잘 참을 거야. 그런데 안타깝게도, 그런 건 점점 쌓이거든요. 어느 날 빵빵하게 부푼 자기 상상력에 짓눌려서…. (동요하는 시메노를 보고, 훗, 하고 웃으며) 네.

네모리, 시메노 앞에 토끼를 놓는다.

네모리　　사람이 사람을 죽이는 이유 같은 거, 동기, 원인, 그런 걸 찾겠다는 건, 선인장이랑도 말이 통할 거라고 믿는 종교를 믿는 거나 다를 게

없어요. 아니면, 사는 데 지친 멍청한 간호사
의 소비 행동 같은 거죠.

시메노   …. (동요하는 마음을 감추고) 말은 길고, 의
미도 모르겠고. 화장실이나 갔다 와야겠다.

시메노, 화장실로 간다.

네모리   뭐, 그래도 그쪽은 집행유예로 끝날걸요? (스
마트폰을 꺼내) 경찰서 가서 또 인생 얘기 좀
해주면 먹힐 거예요….

되돌아온 시메노, 네모리의 스마트폰을 손으로 친다.
핸드폰이 바닥에 떨어진다.

네모리   저기요, 아이폰 액정 수리비가 우스워요? 금
한 줄만 가도 17,800엔이에요.

시메노   헛소리나 하고.

네모리   헛소리로 들렸어요? 실감이 안 나요?

시메노   만약에 그게 사실이어도, 동생이잖아요.

네모리   동생이죠. 배다른 동생인데, 동생이기 이전에
사이코패스인걸. 이상한 알바랑 잘 지내는
것부터 수상했죠. (웃음이 난다)

시메노   도와줘요.

네모리　　난 의사가 아니거든요. 어떻게 도와줘요? 만약에 또 불미스러운 일이 생길지도 모르는데.

시메노　　손잡아주면 되잖아요.

네모리　　손을 잡으라고요. 잠깐 한눈판 사이에 (칼로 찌르는 시늉을 하며) 사람 죽이면 어떡해요? "얘, 그러면 안 되는 거야."로 해결될 일도 아니고.

시메노　　그땐 옷을 바꿔입으면 되잖아요.

네모리　　그게 무슨 말이에요?

시메노　　그쪽이 뒤집어써서.

네모리　　내가 살인자 되라고요? 내 인생은 어쩌고?

시메노　　비싼 아이스크림 사 먹고 훌훌 털면 되죠.

네모리　　무슨 말 하는 거예요?

시메노　　아이스크림 먹으면 힘이 나니까요.

네모리　　이게 무슨 직장 내 인간관계 상담도 아니고. 까딱하면 사형도 나올 일인데.

시메노　　감옥에서 수기 쓰면 되잖아요.

네모리　　수기 써서 겐토샤✦ 좋은 일만 시키게요?

시메노　　가족이잖아요.

네모리　　역사상, 가족의 온정 때문에 거리를 활개 친

✦ 일본의 출판사 이름.

살인마가 몇 명이나 있었을 거 같아요?
시메노 동생한테서 도망칠 거예요?
네모리 아니 내가 죽게 생겼는데.

그때, 화장실 문이 열리고, 지카스기의 얼굴이 불쑥 나온다.

시메노 죽을지 안 죽을지는 모르는 거죠. 그렇게 될지도 모른다는 상상이잖아요? 아니, 그런 성향이 있는 사람이라고 전부 다 살인자가 되는 것도 아니고….

시메노, 지카스기가 얼굴을 내밀고 있는 것을 발견한다.

네모리 (아직 보지 못한 채) 당연하죠. 그런데 그런 사람도 있다고요.

시메노, 아직 나오면 안 된다고 고개를 젓는다.
지카스기, 알겠다고 끄덕이며 화장실 밖으로 나온다.

네모리 소위 하자품이라고 하죠.
시메노 (지카스기를 배려하며) 무슨 말을 하는 거예요….

네모리　　공장에서 나오는 하자품. 인간이니까 그냥저
냥 살기는 하는데, 북오프♦에 팔러 가져가면
퇴짜 맞고 다시 가져와야 하는….

시메노, 크록스로 네모리의 머리를 때린다.

네모리　　…이런 기분이군요. 이런 굴욕감. 감정 이입
이 됐어요.

시메노　　(지카스기에게) 마음에 담지 마세요.

네모리, 놀라 돌아보자, 지카스기가 서 있다.

네모리　　…아니에요. 그게 아니라, 아니에요, 지카스
기 씨.

네모리, 지카스기의 셔츠에 빨간 얼룩이 있는 것을 발견
한다.

네모리　　어…? (얼룩을 가리키며) 뭐야, 왜 그래요?

지카스기　　코피예요, 제 코피.

네모리　　코피.

♦ 일본의 대형 헌책방 체인점.

지카스기   자동차 핸들에, 좀 부딪혀서.

네모리   (믿지 않고) 아, 그래요. 아, 네, 흐음, 그랬구
나, 아아, 그것참, 큰일이네요….

시메노, 쇠망치를 가지고 와서 네모리를 노려본다.

네모리   뭐야….

시메노   경찰 부르면 죽어버릴 거예요. 아프게 죽일
거예요. 한 번에 안 죽이고 오랫동안 아프게
죽일 거예요.

네모리   안 불러요, 내가 왜 불러요.

시메노   형제인데, 어떻게 그런 심한 말을 해요?

네모리   ….

네모리, 지카스기를 살짝 보고, 시메노에게.

네모리   형제이긴 한데 가족은 아니고. 형제인 건 맞
는데, 우리 남남이거든요.

시메노, 쇠망치를 휘두르며, 더욱 그를 위협한다.

네모리   왜 이래요.

시메노, 네모리를 가게의 출입문 쪽으로 몰아세운다.

네모리　　하지 마요, 하지 마, 아니 하지 좀 말라고요.

시메노, 네모리를 밖으로 쫓아낸 뒤, 문을 걸어 잠근다.
밖에서 네모리가 문을 열려고 하는 듯, 몇 번 덜컹덜컹
소리가 난다.
시메노, 쇠망치를 냉장고 위에 놓는다.
지카스기, 그녀가 쇠망치를 놓는 모습을 보고 있다.

시메노　　(지카스기에게 미소 지으며) 괜찮아요. 마음
에 담아둘 거 없어요. 저 사람은 여기 땅문서
가져가려고 저러는 거예요. 지카스기 씨 잘
못은 하나도 없어요.

지카스기　　(쇠망치를 보며) 네….

시메노　　다 잊어버려요.

지카스기　　(고개를 갸우뚱한다)

시메노, 지카스기 앞에서 손뼉을 친다.

시메노　　자, 우리가 알게 된 건, 카페인 거예요. 단골
카페, 저는 점원이고요. 평범하게, "같이 밥
먹으러 갈래요?"라고, 계획적으로 아무 계획

없는 사람처럼 물어봤고. 데이트가 아닌 척
데이트해서, 그렇게 해서 지금, 우리가 알게
된 사이라고 치면 돼요. 병원은 상관없어요.
아무 일도 없었던 거예요.

지카스기   …. (고개를 젓는다)

시메노   아무 일도.

지카스기   제가, 아빠를 죽였어요.

시메노   지카스기 씨 아버지잖아요. 남한테 피해가 간
건 없어요.

지카스기   네. 아, 그런데, 형이 한 말은 진짜예요.

시메노   (흠칫 놀라며) …괜찮아요.

지카스기   아마 또 그럴 거예요.

시메노   괜찮아요.

지카스기   아마 다른 사람한테도 그럴 거 같아요.

시메노   괜찮아요.

지카스기   이유가 있는 게 아니라, 태생이 그런 거 같아
요.

시메노   …막을 수 있어요.

지카스기   (아까부터 쇠망치를 가만히 보고 있다)

시메노   그럴 때는 제가…. (지카스기의 시선을 쫓아
돌아보는데)

냉장고 위에 쇠망치가 놓여있다.

시메노, 숨이 멎는 듯하다.

지카스기, 냉장고 쪽으로 걸어가 쇠망치에 손을 뻗는다.

시메노, 먼저 그것을 집어, 냉장고 안에 넣고 문을 닫아
버린다.

시메노　　지금까지 아무 일 없었잖아요.

지카스기, 냉장고를 열려고 한다.

시메노, 그의 손을 뿌리친다.

지카스기　아니에요.

시메노　　다 알아요.

지카스기는 손을 뻗고, 시메노는 뿌리치고를 반복한다.

지카스기　아니란 말이에요.

시메노　　다 안다고요.

지카스기　죄송해요, 그게 아니라고요.

시메노　　다 알아요, 다 알아.

지카스기, 억지로 냉장고 문을 여는 데 성공한다.

시메노, 얼른 쇠망치를 꺼내 등 뒤로 감춘다.

지카스기, 쇠망치에 손을 뻗는다.

시메노, 다시 그를 뿌리친다.

지카스기는 손을 뻗고, 시메노는 뿌리치고를 반복하며,

계단 쪽으로 이동한다.

지카스기　위험해. 위험해요.

시메노　　네, 위험해요.

지카스기　위험해요. 그만 해요.

시메노　　네, 그만 해요.

지카스기　그만 해요.

시메노　　네, 그만 해요.

지카스기　위험해. 위험해.

시메노　　네.

지카스기　위험해.

시메노　　네.

지카스기　위험하다고.

지카스기, 시메노를 붙잡고, 쇠망치를 빼앗으려고 한다.

시메노, 저항하다가 자세를 바꿔 지카스기를 밀친다.

지카스기, 계단으로 쓰러진다.

시메노, 깜짝 놀라, 쇠망치를 뒤쪽으로 던지고, 쓰러진

지카스기를 붙잡는다.

지카스기와 시메노, 계단 중간에 누워 몸이 겹친다.

창밖에 나타난 네모리, 두 사람을 엿보고 있다.

지카스기와 시메노, 거친 숨소리를 낸다.
시메노, 지카스기 위에 올라탄다.

시메노　　…어? 지카스기 씨. (미소 짓는다)

지카스기의 몸이 변하고 있다.
시메노, 지카스기의 온몸을 쓰다듬으며 얼굴을 가까이
가져가, 계단 그늘에서 키스한다.
네모리, 창밖에서 크게 놀라며, 필사적으로 안을 엿본다.
시메노는 먼저 몸을 일으키고, 지카스기를 일으킨다.

시메노　　2층, 갈까요.

시메노는 얼굴이 보이지 않은 채, 시키는 대로 움직이는
지카스기를 데리고 2층으로 간다.
네모리, 창문을 두드린다.
시메노, 그 소리에 돌아보지만, 그대로 지카스기를 데리
고 올라간다.
무대는 암전되고, 창문을 두드리는 네모리의 모습도 사
라진다.

4

그리고 밤은 깊어지고, 네모리는 의자에 앉아 테이블 모
서리를 만지고 있다.

시메노는 서서, 유리컵의 물을 마시고 있다.

이제 시메노는 유니폼이 아니라 셔츠를 입고 있다. 옷깃
은 가슴까지 벌어져 있다.

다 마신 물컵을 보고 무언가 거슬렸는지, 옷소매로 뽀드
득뽀드득 닦는다.

시메노　　(조명에 컵을 비추며 바라보더니) …금이 간
　　　　　　건가?

네모리　　(테이블을 만지며) 이거 니토리✦인가?

시메노　　디노스✦✦겠죠.

✦ 가구와 인테리어 용품을 파는 대형 체인점.

✦✦ 통신판매 브랜드.

네모리　　아, 디노스.

시메노, 가방을 들고.

시메노　　갈게요.

네모리　　다행이에요, 실패해서. 뭐, 그럴 줄 알았지만.

시메노　　처음이니까요.

네모리　　두 번째는 없어요. 설마 성욕으로 맞설 줄이
　　　　　　야. 무시무시한 일을 저지를 뻔했네요.

시메노　　관계없는 사람은 조용히 하시죠.

네모리　　사람 하나 죽인 애예요.

시메노　　자기 아버지 얘기를 그렇게.

네모리　　일단 저도 피해자 가족이거든요.

시메노　　그렇게 따지면 가해자 가족이기도 하죠.

네모리　　그러면 내가 제일 불쌍한 사람이네요. (라고
　　　　　　말하며 새삼 깨닫고) 그러네, 내가 제일 불쌍
　　　　　　하네.

시메노　　저 포기 안 해요.

네모리　　뭘요?

시메노　　그 사람 꼭 내가 평범한 사람으로 만들 거예
　　　　　　요.

네모리　　(쓴웃음) 세상에는요, 어떻게 해도 안 되는
　　　　　　일이 있어요. 몰랐어요?

시메노　　포기 안 해요. 노력할 거예요.

네모리　　지금 당장, 전국에 있는 '노력은 반드시 보상 받는다'를 믿었다가 큰코다친 피해자 모임 사람들 만나보실래요?

시메노　　그 사람을 구해 주고 싶어요.

네모리　　기린 목 길이 줄일 수 있어요? 얼룩말 무늬 없앨 수 있어요? 구하긴 뭘 구해요. 처음부터 그렇게 태어난 사람은 고치지도 못하고 구하지도 못해요.

시메노　　아뇨, 그 사람은 2년 반 동안 간병을 해낸 사람이거든요? 다정하고 배려심 있는 사람이거든요?

네모리　　알아요.

시메노　　누구도 가지지 못한 장점을 많이 가진 사람이에요.

네모리　　알아요.

시메노　　좋은 일도 많이 해요.

네모리　　공존하는 거죠. 그래요, 단순히 악인이었으면 그런 마음이 들지도 않았을 텐데.

시메노　　….

네모리　　지금이야 그쪽도 개랑 같이 선을 넘은 입장이니까 그런 마음도 생기겠죠. 그런데 언젠가 그 애를 버릴 날이 올 거예요.

시메노   안 그래요. 그런 날 안 와요.

네모리   온다니까.

시메노   저는 그 사람의 가족, 가족이 되고 싶어요. 언젠간 아이도 낳고, 그 사람을 아빠로 만들어주고, 그러면 그 사람도 평범하게….

네모리   부풀어 오른 배를 보고, 걔는 무슨 생각을 할까요?

시메노   ('네?')

네모리   중요한 의미를 지닐수록, 연약할수록, 생각이 들겠죠. 안 되는데, 안 되는데, 이러면 안 되는데. 볼록한 저 배를 때리면 안 돼. 저 배를 발로 차면 안 돼.

시메노   (공포심을 느끼며) ….

네모리   괴롭겠죠. 그러니까 꾹 참겠죠. 참는 거예요. 그거 괜찮겠어요? 내 배를 발로 차지 않으려고 꾹 참고 있는 사람 옆에서 살 수 있어요?

시메노   (할 말을 잃고) ….

네모리   그런 사람을 위해 할 수 있는 일은, 평생 감옥에 처넣어서 죽을 때까지 밖에 못 나오게 하는 거 정도죠. 아니면… 아니면…. (말문이 막혀 한숨을 쉰다)

시메노, 견디지 못하고 밖으로 나가려고 한다.

네모리　　　봐요, 도망가잖아요.

시메노　　　(괴로운 듯 네모리를 노려본다)

바닥에 놓인 휘발유통에 부딪혀 넘어질 뻔하며, 시메노
는 밖으로 나간다.
네모리, 그녀를 지켜보다가 2층을 잠시 보더니, 한숨을
쉰다.
일어나 카운터 옆에 있는 서류함과 서랍 등을 난폭하게
뒤지기 시작한다.
땅문서를 찾고 있다.
유골함이 걸리적거려 옆으로 치운다.
서류함에서 뺀 파일을 들춰보고, 바닥에 던진다.
지카스기, 계단을 내려와 바닥에 떨어진 파일을 줍는다.

네모리　　　(지카스기가 온 것을 보고) …땅문서 어딨
　　　　　　어? 여기 땅문서 가져오라고. 너 감옥 갈 거
　　　　　　야. 이제 여기서 못 지내. 어딨어.

지카스기　　2층.

네모리　　　2층 어디?

지카스기　　김 통 안에.

네모리　　　김 통 가져와. 김 통 말고, 통 안에 있는 걸 가
　　　　　　져 와.

지카스기　　네.

지카스기, 네모리에게 다가간다.

네모리　　　가져오라고. 오지 마. 오지 말라고. 오지 마.
　　　　　　왜 와.

지카스기, 네모리 앞으로 와서 주머니에 손을 넣는다.
네모리, 긴장하며 물러선다.
지카스기, 주머니에서 샤프를 꺼내더니 네모리에게 내
민다.

네모리　　　뭐, 뭐야….
지카스기　 샤프요.
네모리　　　갑자기, 샤프를 왜.
지카스기　 마에바시 여자애 부모님이 주셨어요.
네모리　　　….

지카스기, 그곳에서 들은 말을 그대로 전한다.

지카스기　 네모리 작가님께 전해주세요. 우리 딸이 늘
　　　　　　작가님께 팬레터 쓸 때 썼던 샤프예요.

지카스기, 샤프를 내민다.
네모리, 받지 않는다.

네모리   (내심 동요하며) 뭐야….

지카스기   꼭 이거로만 썼어요. 작가님을 위한 샤프에
           요. (다시 내민다)

네모리   (피하며) 왜 그런 걸 받아와. 필요 없어, 그런
           거.

지카스기   아, 죄송해요. (라며 또 내민다)

네모리   (피하며) 뭐야, 팬레터는 무슨. 그런 거, 나
           안 읽거든. 전부 버려달라고 편집자한테 부
           탁했거든. 필요 없으니까.

지카스기   아, 네. (라며 주머니에 넣으려다가 다시 내
           민다)

네모리   필요 없다니까. 필요 없어.

지카스기   네. (고개를 갸우뚱하더니, 다시 내민다)

네모리   필요 없다는 말 몰라?

지카스기   알아요, 네. (라며 또 내민다)

네모리   넣으라고.

지카스기, 망설이며 테이블 위에 샤프를 놓으려고 한다.

네모리   거기 두지 마.

지카스기   네. (라며 놓는다)

네모리   두지 말라니까 왜 둬?

지카스기   네, 죄송해요.

네모리   두지 말라고. 왜 이렇게 말이 안 통해.

네모리가 샤프를 쥐고 창가로 가, 창문을 연다. 부슬부슬
내리는 빗속으로 그것을 던진 뒤, 힘껏 창문을 닫는다.

지카스기   (멍하니 그 모습을 보며) ….
네모리   쓸데없는 짓 하지 마요. 땅문서. 증여계약서
             가지고 왔으니까, 인감도 가져와요.
지카스기   네.

지카스기, 2층으로 올라간다.
네모리, 초조해하며 한숨을 쉬고, 의자에 앉는다.
문득 창밖을 본다.
곧바로 눈을 돌리지만, 진정이 되지 않는다.
일어나 잠깐 밖으로 나가보려고 하지만, 되돌아와 주변
을 어슬렁거린다.
다시 앉지만 역시 진정이 되지 않는다.
네모리는 다시 일어나 천천히 창가로 간다.
밖을 보고 '아' 하더니 서둘러 밖으로 나간다.
창밖으로 네모리의 모습이 보인다.
그는 웅크려 무언가를 줍더니, 일어서서 손에 쥔 그것을
본다.
샤프가 물에 젖은 듯, 옷으로 꼼꼼히 닦는다.

가만히 바라본다.

여러 각도로 기울여 보기도 하고, 두드려 보기도 하고, 빙글빙글 돌려 보기도 한다.

그렇게 보다가 갑자기 손으로 얼굴을 덮는다.

지카스기, 김 통을 들고 계단을 내려온다.

내려와 보니 네모리가 없다.

지카스기, 테이블 아래를 보고, 탕비실도 들여다보고, 화장실을 노크해 본다.

그리고 창밖에 있는 네모리의 뒷모습을 발견한다.

그는 얼굴을 감싸고 어깨를 들썩이고 있다.

지카스기, 밖으로 나간다.

창밖에 지카스기가 보이고, 네모리에게 말을 건다.

네모리, 그를 뿌리치고, 밀친다.

그리고 거칠게 문을 열더니, 얼굴을 닦으며 들어온다.

스마트폰을 꺼내, 어딘가 전화를 건다.

지카스기도 들어온다.

네모리 여보세요. 여보세요…. (상대방이 전화를 받자) 아, 여보세요? 다카무라 씨? 아, 나야. 응? 나라고. 네모리. 어? 아니, 네모리. 작가 네모리. 여보세요? 어?

전화가 끊긴 듯, 다시 건다.

네모리   아, 여보세요. 전화가 끊겼나 봐. 응. 응. 저기.
        뭐 좀 물어볼 게 있어서. 오래 안 걸려. 응. 그
        게, 내 앞으로 온 팬레터 관리했었잖아. 그걸.
        여보세요? 여보세요?

또 끊어진 듯, 다시 걸려다가, 불쑥 결심이 선 듯, 다른
번호로 전화한다.

네모리   …여보세요, 나야. 아, 끊지 마, 끊지 마, 끊
        지 마, 끊지 마, 끊지 마, 끊지 마. 끊지 말라고. 발신
        번호, 발신 번호 표시 제한으로 걸었어, 미
        안, 끊지 마. 용건만 말할게, 용건만. 잘 지내
        지? 아니야 아니야 아니야. 끊지 마 끊지 마
        끊지 마. 내, 내 그, 방에, 내 방 아직 있나?
        출판사에서 온 소포 같은 거 있을 건데. 거기
        에 팬레터 담아놓은 게 있을 거거든. 아니 몰
        라. 어디 있는지는 모르는데, 그 근처일 거
        야. 여보세요? 여보세요…. (한숨을 쉬고, 끊
        는다)

김 통을 들고, 지카스기는 가만히 그쪽을 본다.

네모리   …인감 가져왔어요? 샤치하타♦는 안 돼요.

지카스기　네.

지카스기, 앉아서 김 통을 내려놓고 뚜껑을 연다.
네모리, 안에서 봉투와 인감을 꺼낸다.

네모리　　이러면 안 되지, 중요한 서류랑 인감을 같은
데에 두면 안 돼요. 따로 둬야지.

지카스기　네.

네모리　　(봉투를 열고, 땅문서를 확인하고) 음. 아.
응. 응. 여기 언제부터 그쪽 명의로 했어요?

지카스기　(밖을 가리키며) 길에 핫도그가 떨어져서….

네모리　　(말을 끊고) 네, 알았어요. 음, 그러면, 싸인
받아야겠다.

네모리, 자기 가방에서 증여계약서를 꺼내며.

네모리　　…마에바시, 갔었어요?

지카스기　네?

네모리　　아니….

지카스기　마에바시 갔었어요.

네모리　　바보야? 너 바보야? 거길 왜 가. 바보야.

◆ 스탬프, 문구류 제조 업체.

지카스기   죄송해요.

네모리   자, 이제 여기 싸인해요. 해도 되는 일이 있고
          안 되는 일이 있는 건데. 그것도 구별이 안 되
          나?

지카스기, 샤프에 손이 간다.

네모리   그건 안 돼요. 왜 안 되냐면, 서류는 샤프로
          쓰면 안 되니까.

지카스기, 카운터에서 볼펜을 가지고 와서.

지카스기   여기요?

네모리   응, 거기, 주소, 전화번호, 싸인.

지카스기   네.

지카스기는 쓰기 시작하고, 네모리는 가만히 지켜본다.

네모리   반듯하게 써요.

지카스기   네.

네모리   (그를 보며) …마에바시에 갔다 왔다고요.

지카스기   마에바시.

네모리   아니….

지카스기   마에바시 갔었어요.

네모리   어떻게? 어떻게 거길 갔어요? 전차 타고?

지카스기   차요.

네모리   차? 왜 그런, 거기 주소는 어떻게 알고?

지카스기   여러 사람한테 물어봤어요.

네모리   보통 주소는 모를 텐데. 그걸 어떻게 알지?

만났어요? 그, 그쪽 사람들.

지카스기   부모님.

네모리   왜 만나. 욕만 엄청 먹을 텐데.

지카스기   (고개를 젓는다)

네모리   네모리 작가 동생이라고 말 안 했어요?

지카스기   했어요.

네모리   말도 안 돼, 그러면 화냈을 텐데.

지카스기   들어오랬어요.

네모리   들어갔어요?

지카스기   네.

네모리   왜 일을 그렇게 깝깝하게. (서류를 가리키고)

계속 써요. 손 멈추지 말고.

지카스기   네. (쓴다)

네모리   집은 어땠어요?

지카스기   좁은 아파트 단지.

네모리   좁다고 하면 실례지, 남의 집을. 그, 어떤 분

이었어요, 부모님은? 어떤, 몇 살쯤 되어 보

였어요?

지카스기　　55….

네모리　　그렇게나.

지카스기　　"우리 애가 늦둥이였어요."그랬어요.

네모리　　(무심코 눈을 돌리며) …계속 써요.

지카스기　　썼어요.

네모리　　삐뚤삐뚤한 거 같은데?

지카스기　　죄송해요, 다시 쓸….

네모리　　아, 됐어 됐어, 다시 안 써도 돼요. 이제 도장 찍어요.

지카스기　　네. (인감을 준비하고) ….

지카스기, 카운터 안으로 간다.

네모리　　왜?

지카스기　　인주. (라며 찾는다)

네모리　　아아. 무슨 얘기 했어요?

지카스기　　폐를 끼쳤어요.

네모리　　그랬더니?

지카스기　　아뇨, 그쪽 부모님이 그러셨어요.

네모리　　…

지카스기　　저희 딸이 폐를 끼쳤습니다.

네모리　　…거짓말하지 마.

지카스기 딸애가 한 행동 때문에 작가님이 이제 책을
못 내게 되었다고 들었습니다. 면목이 없습니
다.

네모리 …그런 말을 했을 리가 없어.

지카스기 딸애는 작가님이 자기를 구해 줬다고 했어요.
앞으로도 저희 딸을 위해 소설을 써 주세요.

네모리 …아니라고 했죠?

지카스기 네?

네모리 그 사람은 그런 마음으로 글을 쓴 게 아니라
고 했죠? 그냥 돈 벌려고 쓴 거지, 누굴 구할
생각 같은 거 한 적 없다고, 잘 설명했죠?

지카스기 아니요.

네모리 바보야, 왜 안 했어?

지카스기 죄송해요.

네모리 어떤 애였대요?

지카스기 네?

네모리 그 딸은. 어떤 애였대요?

지카스기 (고개를 갸우뚱한다)

네모리 나한테 뭐라고 편지 썼대요?

지카스기 (고개를 갸우뚱한다)

네모리 왜 그걸 안 물어보고…. (갑자기 목이 메어
얼굴을 돌린다)

지카스기 죄송해요.

네모리, 샤프를 만지며.

네모리　…뭐라고 썼을까? 그 애가 나한테 무슨 말을
했을까? 편지에 뭐라고 썼을까?

지카스기　(걱정스러운 얼굴로 네모리를 보고) 형, 괜찮
아.

네모리　('어?')

지카스기　저희 딸이 폐를 끼쳤습니다. 저희 딸은 작가
님이 자기를 구해 줬다고 했어요.

네모리　(가슴을 울리는 말이지만) 그런데 난 그런 얘
기는 못 들었는데. 용서 안 해주는 것보다 용
서를 해주는 게 나는 더 괴로운데, 그게 더 괴
롭, 거든….

네모리, 가만히 샤프를 바라본다.
지카스기, 인주를 가지고 온다.

지카스기　형.
네모리　…도장 찍어야지. 빨리 찍어. 당장 찍어.

지카스기, 고개를 끄덕이곤 자리에 앉아 도장을 찍는다.
네모리, 서류를 가져가 가방 안에 넣는다.

네모리　　네, 고생했어요. 자, 그럼, 절차 진행시킬 테
니까. 그쪽은 이제 이번 달 안으로 여기, 가게
닫고… 그, 여자분이랑 좋은 데로 떠나주세
요. 알았죠?

지카스기　　네.

네모리　　네.

좀처럼 네모리는 일어서지 않는다.
지카스기, 물음표가 뜬 얼굴로 네모리를 본다.

네모리　　…아, 그리고, 어?

네모리, 일어서서 조금 전에 대충 치워놓은 유골함을 원
래 자리에 가져다 놓는다.

네모리　　이것도 잊어버리지 말고 잘 챙겨요.

지카스기　　네.

네모리, 괜히 버튼을 눌러본다.
오르골 소리로 미뉴에트가 흐른다.
두 사람, 음악에 푹 빠진다.

네모리　　…그래도 미뉴에트는 아닌데. 뭐 없나? 그 인

간, 자주 부르던 노래 같은 거, 없었나?

지카스기   (고개를 갸웃하며) ♪세키쓰-이 하우스-[*].

네모리   (쓴웃음) 그건… 그래, 그런 거 불렀었지. 식
빵 먹을 때, 껍데기는 어떻게 먹었어?

지카스기   네?

네모리   그 인간, 식빵 껍데기, 커피에 푹 적셔서 먹지
않았어?

지카스기   그랬어요. 이렇게 푹 담가서 너덜너덜해져서.

네모리   역시.

지카스기   옛날부터 그랬어요?

네모리   옛날부터 에티켓이 없었어, 그런 면에서는.

지카스기   초코송이[**]도 초코만 먹고, 과자는 남겼어요.

네모리   (웃으며) 너무하네.

지카스기   빙수 먹고 바로 혓바닥 내밀어요. 파란 혀를.

네모리   블루 하와이 맛 먹었구나? (웃으며) 어린애
같아. 목욕할 때도 혼자 뜨거운 물 거의 다 써
버렸지?

지카스기   (끄덕이며) 청소기 소리 너무 싫어하고.

네모리   고양이야 뭐야. 점심은 카레만 먹고?

[*] 일본 주택 건설회사의 광고음악.

[**] 제과회사 메이지에서 1975년부터 제조, 판매하고 있는 '버섯의
산'이라는 과자. 오리온 '초코송이'와 모양이 똑같다.

지카스기　점심은 카레 먹었어요.

네모리　점심은 카레 아니면 안 먹어.

지카스기　점심은 맨날 카레만 먹어요.

네모리　또야, 또 점심 카레야? 당신 세상에는 카레밖에 없어? 그런데 또.

네모/지카　밤에는 카레 절대로 안 먹어.

두 사람, 웃는다.
네모리, 문득 창밖을 보더니 창가로 걸어간다.

네모리　…실은.

지카스기　네.

네모리　옛날에 한 번 널 보러온 적이 있었어.

지카스기　….

지카스기도 창가로 간다.

네모리　그 인간이 집 나가고 얼마 안 됐을 때. 엄마가, 우리 엄마가 좀 보고 오라는 거야. 귀찮아서 싫었는데, 그때 중앙선✦ 전차 타고, 저기,

✦ 도쿄역에서 신주쿠역을 지나 도쿄의 서쪽 미타카, 고쿠분지, 구니타치, 하치오지, 다카오역으로 이어지는 노선이다.

저기까지 왔었어.

네모리, 밖을 가리킨다.

네모리   그 인간은, 뭐더라, 시마*였나? 그거 세차 중
            이었고. 너는 (무릎 정도 되는 높이를 손으로
            가리키며) 요만해서, 보닛 위에 앉아서, 비눗
            방울을 불고 있었어. 나는 저쪽에, 그늘진 길
            가에 숨어서 널 봤어. 쟤인가? 쟤가 내 동생
            인가? 이걸, 뭐라고 해야 하나, 그런 날이 절
            대로 오지 않을 거란 걸 알면서, 나도 멍청했
            지. 절대로 오지 않을 어떤 날을 상상했어. 언
            젠가, 저 애한테 물려주려면 지금 내 자전거
            버리지 말고 둬야겠다. 그런 생각을 했더니,
            신기하게….

지카스기   눈이 마주쳤어요.

네모리   말도 안 돼.

지카스기   기억나요.

네모리   (무릎 정도 높이를 손으로 가리키며) 이만했
            는데.

✦ Cima. 닛산 자동차가 예전에 판매했던 고급 승용차. 1988년~2010
년, 2012년~2020년에 판매되었다.

지카스기   기억나요. 네모리 씨, 고릴라 티셔츠 입고.

네모리   그런 걸 입었었나.

지카스기   입었어요. 저 그 고릴라 보다가….

네모리   떨어졌지, 너 보닛에서.

지카스기   네.

네모리   콘크리트 바닥에 거꾸로, 머리부터.

지카스기   네.

네모리   그 인간, 깜짝 놀라서 급하게 널 안고 세차하다 만, 거품 뒤집어쓴 차에 널 태웠어.

지카스기   그 부분은 기억이 안 나는데, 병원에 갔을 거예요.

네모리   아, 그래. 난 그때 네가 죽은 줄 알았어.

지카스기   여기. (머리 정수리를 보여준다)

네모리   아아, 그러네. 땜빵이 있네.

지카스기   네모리 씨 때문에 땜빵 생겼어요. (미소 짓는다)

네모리   그게 왜 나 때문이야. (미소 짓는다)

지카스기   그때 머리를 다쳐서 제가 이렇게 된 걸까요?

네모리   (웃으며) 그럴 수도 있겠네.

지카스기   (웃는다)

네모리   (자기가 한 말을 되뇌며) …아니야.

두 사람, 창밖을 본다.

네모리　　너, 그 엽서에. 뭐라고 써서 보냈어? 미안, 나
　　　　　그런 거 안 읽는단 말이야. 읽었으면 달라졌
　　　　　을까? 셋이 빙수 먹고 서로 혓바닥 내미는 날
　　　　　이 왔을까? 그랬으면 나도 간병 도와주고…
　　　　　도울 리가 없지, 내가. 이제 와 무슨 소용이
　　　　　야. 천성이 이런 걸. 형이 좀 촌스러워. 항상
　　　　　그래. 죽어라 앞만 보고 가는데, 보면 똑같은
　　　　　짓만 반복하고 있어. 좌회전, 좌회전, 좌회전
　　　　　해서. 도착했나 보면, 아아 여기인가? 좌회
　　　　　전, 좌회전, 좌회전, 좌회전해서, 또, 아아, 여
　　　　　기인가? 맨날 여기야. 내가 좀 부족한 점이
　　　　　많아, 하하하.

자조적으로 웃으며, 네모리는 걸음을 옮긴다.
지카스기는 아직 가만히 밖을 보고 있다.

네모리　　(탕비실을 들여다보고) 맥주 없나, 맥주? 잠
　　　　　깐 들어갈게.

네모리, 탕비실로 들어간다.
창밖을 보던 지카스기, 슬며시 밖으로 나간다.
네모리, 샴페인을 가지고 온다.

네모리   샴페인이 있네. 상온에 둔 샴페인.

네모리, 비닐을 벗기고, 맨손으로 코르크를 빼려고 한다.

네모리   괜찮으려나. 이거 터지는 거 아냐. 무서운데.
            오오, 무서운데, 이거 무서운데….

지카스기, 휘발유통을 들고 돌아온다.
바닥에 그것을 놓고, 뚜껑을 연다.

네모리   응? 샴페인 있더라, 상온에 둔 샴페인. 컵 있
            어? 상온에 둔 컵? (웃는다)

지카스기, 휘발유통을 든다.

네모리   …너 뭐해?
지카스기 (고개를 갸웃하며) 맨 처음.
네모리   응?
지카스기 맨 처음, 어렸을 때는 물감 물을 만들었어요.
            푸딩 컵에 물 담고 물감 풀어서.
네모리   응….
지카스기 여러 색으로 물감 물을 만들어서 나란히 세
            워놓으면 기분이 좋았어요. 보고 있으면 마

시고 싶어져요. 마시면 안 된다는 걸 아는데.
제일 맛있었던 건 노란색이에요. 그리고 하
늘색. 그다음이 보라색.

네모리 빨간색은?

지카스기 빨간색은 맛없어요. 의외로 맛있었던 게 갈
색.

네모리 초코 맛?

지카스기 (고개를 저으며) 물감 맛이요.

네모리 (억지로 웃어 보이며) 그래? 하하. 응. 저기,
그거는 좀 내려놓자, 일단….

지카스기 아빠 튜브를 봤을 때도, 묶고 싶어서, 또 물
감 물이 마시고 싶었어요. 아빠는 기침을 조
금 했고, 나는 물감 물을 마시고, 다 마셨을
때, 아빠는 숨을 안 쉬었어요. 평범한 사람은
자기가 무서워질 때 어떻게 해요? 전철역 계
단에서 유모차 보면 무섭지 않아요? 슈퍼에
서 물건들 쌓인 거 보면 무섭지 않아요? 주
유소 무섭지 않아요? 오늘 차 타고 오는데,
어린애들이 횡단보도를 건너고 있는 거예요.
물감 물이 마시고 싶었어요. 브레이크 안 밟
고 이대로 쭉 가면 쾅 부딪히겠다, 싶어서.

네모리 …밟았지? 브레이크 밟았지?

지카스기 뒤에 오던 차가 부딪쳐서 멈췄어요. 그 아주

머니가 제 코피를 보고, 너무 사과를 하셨는
데, 그 아주머니가 애들을 살린 거예요. 그 아
주머니가 없었으면 저는 물감 물을 마셨을
거예요.

지카스기, 울상이 되어 라이터를 집어 든다.

지카스기　무서워. 나 무서워. 형, 무서워. 멈출 수가 없
어. 멈출 수가 없어.

지카스기, 네모리에게 라이터를 내민다.

네모리　그러지 마.
지카스기　형, 나 죽여줘. 안 그럼 또 물감 물 마실 거야,
나 죽여줘.
네모리　(고개를 젓는다)

지카스기, 그에게 다가간다.

지카스기　죽여줘.

네모리, 뒷걸음친다.

네모리   (경직된 얼굴로 미소를 지어 보이며) 난 못
          해.

지카스기   나 무서워.

네모리   못 해, 난 못 해. 나한테 그런 부탁을 하면, 나
          는, 그런, 그…. 미안, 좀 비켜 줄래.

네모리, 가방을 집어 든다.

지카스기   형.

네모리, 지카스기를 두고 멀리 돌아 문으로 간다.

네모리   정말 미안해. 미안해요. 미안하다고요. 실례
          많았어요.

네모리, 굽실거리며 밖으로 나간다.
지카스기, 혼자 남겨져 가만히 서 있다.
라이터를 본다. 손이 떨린다.
겁에 질려, 결단을 내리지 못하고 있다.
벽 쪽으로 가 조명을 끈다.
작은 불빛만 남아 어슴푸레한 가운데, 지카스기가 라이
터를 켜려고 시도한다.
살짝 불꽃만 튈 뿐, 불이 붙지 않는다.

지카스기는 계속 라이터의 톱니바퀴를 돌린다.
불꽃만 튄다.
그러다 떨어뜨린다.
그걸 주워서 다시 켜려고 하는데, 갑자기 환해진다.
네모리가 서 있다.

네모리　　…귀찮아 죽겠네.

네모리, 지카스기에게 걸어가 그의 팔을 강하게 움켜
쥔다.
지카스기의 손에서 라이터를 빼앗아 바닥에 던지고, 지
카스기의 가슴을 때린다.

네모리　　야.

계속 때린다.

네모리　　야. 야. 정신 차려, 형이 왔어. 형이 왔으니까,
　　　　　　이제 괜찮아. 형이 하란 대로 해. 그러면 너도
　　　　　　괜찮아. 뭐가 무서워. 이제 무서울 거 없어….

네모리, 격하게 기침한다.

네모리   기름 냄새.

지카스기, 라이터를 주우러 간다.
네모리, 그를 막아 세우고.

네모리   됐어, 그만 해. 너, 여기 앉아, 잠깐 앉아.

네모리, 지카스기를 앉히고, 본인은 그 맞은 편에 앉는
다.

네모리   너, 글 쓸 줄 알지? 그러면, 오늘부터 머릿속
             에 떠오른 거 전부 노트에 적어. 또 물감 물이
             마시고 싶어지면, 전부 글로 써. 이러면 안 될
             거 같을 때, 남한테 피해줄 거 같을 때, 미역
             먹을 뻔할 때, 그걸 써서, 전부 글로 쏟아내서
             소설처럼 만들어. 나는 쭉 그렇게 했어. 너도
             할 수 있어.

지카스기   ('정말요?'라고 묻는 듯 네모리를 본다)

네모리, 가방에서 노트를 꺼내 거칠게 몇 장 찢는다. 그
것을 두 번 접더니, 펼쳐서 앞에 둔다.

네모리   볼펜….

네모리, 조금 전의 샤프를 손에 들고.

네모리　　　이건 안 돼. 이건 내 거야. (그러더니 가방에
　　　　　　서 만년필을 꺼내) 이거 너 줄게.

네모리, 만년필을 지카스기의 손에 쥐어준다.

지카스기　　(고맙다는 의미로 꾸벅 고개를 숙인다)

네모리, 샤프로 종이에 선을 긋는다.

네모리　　　잘 봐. 자유롭게 글을 쓰려고 하면, 오히려 안
　　　　　　써져. 글을 쓸 때 제일 중요한 건 어디에 선을
　　　　　　긋느냐야.

지카스기　　네.

네모리, 샤프로 표시를 한다.

네모리　　　처음, 끝, 중간. 이렇게 있어. 주인공은 곁가
　　　　　　지로 갈리는 길 중에 하나를 선택해야 돼. 상
　　　　　　상해 봐. 눈앞에 길이 몇 개 있어. 어디로 갈
　　　　　　래? 어디든 갈 수 있어.

지카스기　　네.

네모리　　　앞만 있는 게 아니야, 뒤도 있어. 소설을 쓸 때는 두 개만 생각해. 절대로 해서는 안 되었던 일. 또 하나는 이미 벌어져서 손을 쓸 수 없는 걸 수습하는 일. 그런 걸 쓰는 거야. 거기에 꿈과 추억을 담으면 돼. 이야기를 만든다는 건 그런 거야.

지카스기　　네.

지카스기, 고개를 갸웃거리며, 네모리가 준 노트의 끝자락에 글을 쓰기 시작한다.
바로 궁금한 점이 생겼는지, 손을 멈추고 고개를 기울인다.

네모리　　　괜찮아, 그렇게 쓰면 돼.

지카스기　　아무거나 써도?

네모리　　　응.

지카스기　　아무거나 다?

네모리　　　응. 정말로 네가 해보고 싶었던 거 쓰면 돼.

지카스기　　알았어요.

지카스기, 다시 쓰기 시작한다.

네모리　　　응. 그래. 써. 그렇게 써. 야. 마음의 병, 웃기

지 말라 그래. 인간이 마음 따위에 질 거 같
아? 그래, 그렇지, 그렇지, 그래, 그렇게 하는
거야, 맞아, 그런 느낌으로…. (미소 지으며)
걔가 주인공이야?

지카스기 (살짝 미소 지으며 끄덕인다) 네.

지카스기는 글을 쓰고, 네모리를 그를 지켜본다.
만년필 움직이는 소리가 은은하게 울린다.
시간이 흐른다.
네모리는 지카스기가 쓴 것을 한 장 집어서 읽고, '여기
이 부분은 이렇게 하면 어떨까?'라고 얘기해준다.
지카스기는 그 종이를 받아, 다시 쓰기 시작한다.
네모리, 그를 지켜보다가 문득 무언가를 깨닫는다.
돌아보니, 선풍기가 돌아가고 있고, 벽에 붙은 종이 포스
터가 팔락이고 있다.
네모리는 일어나 선풍기를 끄고, 포스터를 고정시킨다.
그때, 스마트폰 진동이 울린다.
네모리, 핸드폰을 꺼내 화면을 보고, '어?'하고 놀란다.
돌아보니, 지카스기는 글을 쓰는 데에 집중해 있다.
네모리, 소파 근처로 가서 전화를 받는다.

네모리 (아이에게 하는 말투로) 여보세요. 응? 응,
깨어 있었지. 괜찮아괜찮아. 응? 뭐야, 또 토

스트 먹었어? 응? (웃으며) 맨날 먹는 건 아
니구나. 그렇구나, 응. 응? 왜? 뭘 찾았는데?
어. 아. 아. 아아. 그랬어? 세상에, 찾아봐 줬
구나….

목이 멘다.

네모리　　응? 응. 응. 응. 그래? 없었어? 응. 그랬어? 그
러면, 응. 아니야, 괜찮아. 뭐야, 너. 뭐야. 괜
찮다니까. 괜찮아. 그래? 그걸 찾아봐 줬구
나. 응. 응. 응. 응. 고마워. 응. 응. 지금? 응.
지금은….

몸을 틀어, 글을 쓰고 있는 지카스기를 보고.

네모리　　아빠 지금, 형이 됐어. 맞아, 아빠한테 동생
이 있었어. 놀랐지? 응. 응. (미소 지으며) 진
짜야. 그치? 응. 아, 그럼, 응. 다음에. 응. 고
마워. 응. 응. 잘 자. 그래. 응. 그래. 또 통화하
자. 그래.

네모리, 조금 기다렸다가 전화를 끊는다.
잠시 움직이지 않는다.

수줍게 쓴웃음을 지으며 고개를 기울이고, 스마트폰을 주
머니에 넣으며 일어서서, 지카스기에게 가려고 하는데.
조금 전에 분명히 껐던 선풍기가 다시 돌고 있다.

네모리   ('어?') ….

포스터는 압정이 떨어져 다시 팔락이고 있다.
네모리, 그것을 가만히 보더니, 무언가 짚이는 데가 있다
는 듯.

네모리   …아아.
지카스기   (얼굴을 들고, '응?')
네모리   이거 그거다. 여기 있었던 거야. 계속 있었던
            거야, 계속.

지카스기, 선풍기 바람이 지나는 쪽을 보고, 그 말을 이
해한 듯.

지카스기   아….
네모리   응. 그렇지? 인사하러 온 거야.
지카스기   아아.
네모리   여기 있었을 줄이야.

두 사람, 바람이 지나가는 길을 바라본다.

서로 마주 보고 미소 짓더니, 다시 테이블에 마주 앉아, 글을 쓰기 시작한다.

새 종이를 집어 든 네모리, 고개를 끄덕이며 읽는다.

지카스기는 계속 쓴다.

시간이 흐른다.

네모리, 지카스기의 등 뒤에 서서, '이 부분은 이렇게 해 보면 어떨까?'라는 말을 건네는 듯하다.

지카스기는 계속 쓴다.

시간이 흐른다.

창밖은 이제 곧 아침을 맞이하려는 듯하다.

네모리, 테이블에 엎드려 잠이 든다.

계속 글을 쓰던 지카스기, 만년필을 내려놓는다.

다 쓴 종이 더미를 들고, 눈으로 읽는다.

잠깐 고개를 갸웃하며, '이렇게 쓰면 되나? 괜찮겠지?'라고 생각하며, 반듯하게 정돈해, 네모리 앞에 내려놓는다.

네모리의 잠든 얼굴을 보다가, 일어선다.

지난날을 떠올리듯 가게 안을 둘러본다.

'그래.'라고 무언가를 결심하더니, 바닥에 버려진 라이터를 주워, 밖으로 나간다.

네모리, 갑자기 눈을 뜬다.

얼굴을 들고, 지카스기를 찾아 주변을 둘러본다.

테이블 위 반듯하게 정돈된 원고가 눈에 들어온다.

그것을 집어 들고, 읽고, 마지막 페이지를 확인하고, 다
시 한번 주변을 본다.
일어서서, 무심결에 밖으로 나가려다 멈춰 선다.
네모리, ….
돌아와 의자에 앉는다.
원고를 들고, 읽기 시작한다.
작은 목소리로 중얼중얼 읽는다.

네모리   냉장고 안의 햄이 상한 다음 날, 그리고 또 다
음 날. 도쿄 썸머랜드에서 비교적 가까운 곳
에 있는 오래된 주유소….

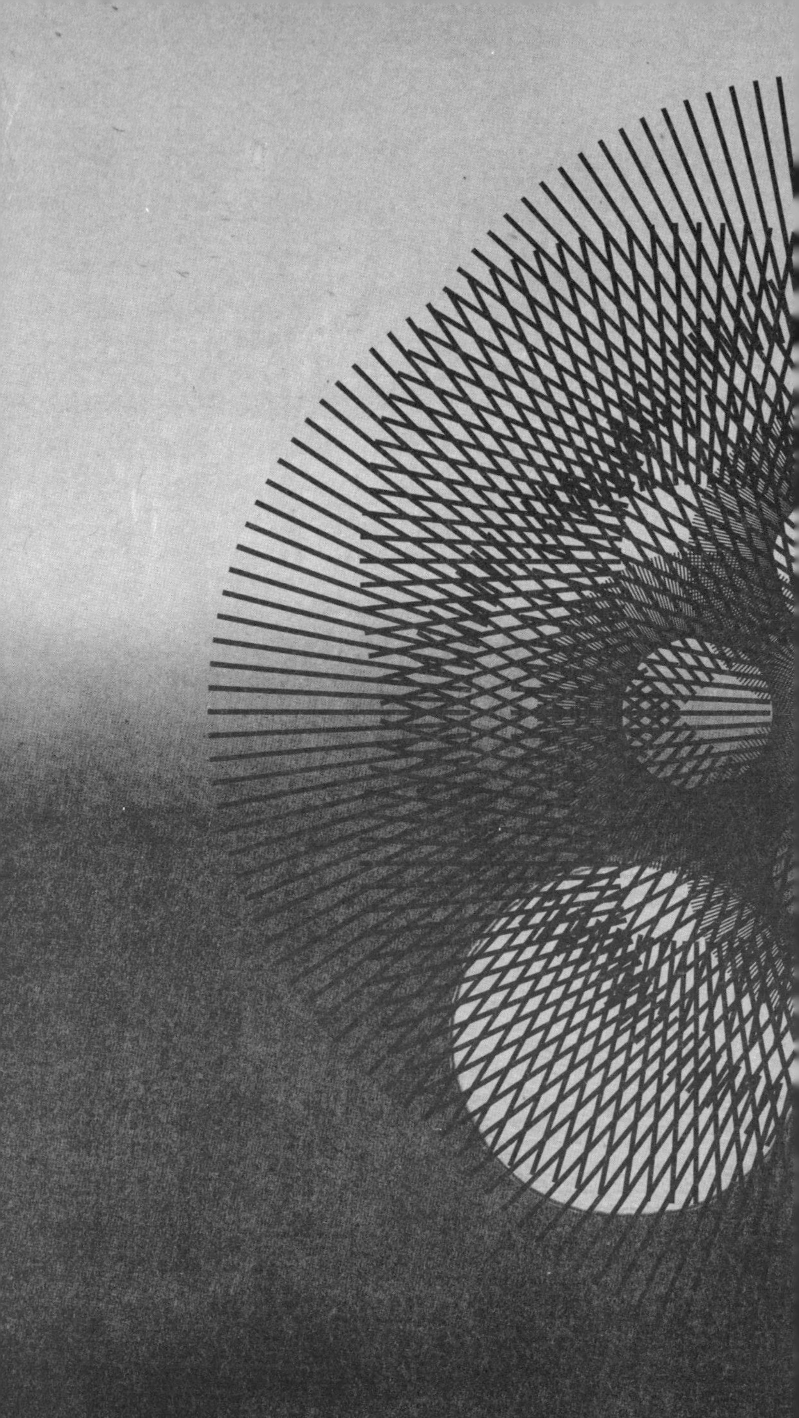

여름의 어느 날 아침, 선풍기가 돌아가고 있고, 벽에 붙여놓은 종이 포스터가 팔락이고 있다.
스테인리스 휘발유통은 방치된 채 널브러져 있다.
유니폼을 입은 다카라이가 핸드 스피너를 돌리며 계단을 내려온다.

다카라이　아아. 오늘은 느긋하게 보내야지. 일 끝나면
　　　　　　토산물 전시회장으로 달려갈 거야.

바닥에 나뒹구는 휘발유통 하나를 다리 사이에 두고, 의자에 앉는다.
그리고 다른 의자에 다리를 올리더니, 나른하게 핸드 스피너를 돌린다.
그때 어디선가 삼바 리듬의 노래가 들린다.
다카라이가 '어?'하고 주변을 둘러보는데, 삼바 의상을

입은 지카스기가 가게 문을 열고 등장한다.
삼바 음악이 흐르는 라디오와 잘 빨린 수건들이 가지런
히 담긴 바구니를 품에 안고 있다.
리듬에 몸을 흔들며 걸어오다가 그만 휘발유통에 발이
걸리고 만다.
다시 원래 자리에 가져다 놓지만 한 번 더 찬다.

지카스기   올레!

라디오를 끄고, 수건을 개기 시작한다.

지카스기   이 새 수건 말이에요, 여태 세 번은 빨았잖아
            요. 왜 물이 흡수가 안 될까요…? 이젠 새로
            꺼낸 아이도 물을 먹지 않아요. 어, 이거 꼭
            아이코 노래 가사 같네요. 설마 방수 수건은
            아니겠죠? 방수가 되면 수건일 수가 없잖아
            요. 그건 물에 잘 젖는 우산 같은 거잖아요.
다카라이   점장님. 계속 혼잣말하고 있어요.
지카스기   안 되겠다, 버려야겠다.

지카스기, 수건을 근처에 툭툭 던진다.

다카라이   점장님, 그래도 돼요?

지카스기　죄송한데, 아까 부탁드린 건.
다카라이　(귀찮은 듯 한숨 쉬며) 으쌰.

다카라이는 자리에서 일어서더니, 근처에 있는 색이 다른 휘발유통 두 개를 나란히 놓고, 뚜껑을 열어 펌프를 찔러 넣는다.
그리고 펌프질을 하며, 한쪽 통에 있는 휘발유를 다른 쪽 통에 옮기는 작업을 한다.
튜브에 구멍이 났는지 휘발유가 찍 날아간다.
다카라이, 일단 손을 멈추고 기름이 튄 쪽을 보지만, 다시 펌프질한다.
또 휘발유가 찍 날아간다.
지카스기, 그쪽으로 다가간다.

지카스기　그거, 나도 할 줄 알아요.
다카라이　네?

지카스기, 뒤로 돌아 지퍼를 내린다.
다리 사이로 소변 줄기가 포물선을 그리며 날아오른다.

다카라이　와, 잘하시네.
지카스기　똑같죠? 똑같죠? 보세요, 똑같죠?

다카라이가 다시 펌프질을 하자 휘발유가 찍 날아가, 두 쌍의 포물선이 펼쳐진다.
두 사람은 퍼포먼스를 마치고 손뼉을 치며 웃는다.

다카라이　　못 살아, 맨날 이렇게 바보 같은 짓만 하면 어
　　　　　　떡해요.

지카스기　　(배시시 웃는다)

다카라이, 다시 의자에 앉아 양쪽 다리를 쭉 뻗고, 핸드 스피너를 돌린다.

다카라이　　저 오늘요, 느긋하게 보내기로 했어요. 올해
　　　　　　는 토산물 전시회 많이 다니려고요.

지카스기　　아직 영업 중인데, 손님이 오시면 어쩌려고
　　　　　　요.

다카라이　　(무표정으로, 작게) 손님 오는데도 이러고 있
　　　　　　겠냐고.

지카스기, 그녀에게 다가간다.

지카스기　　그리고 지금 돌리는 거요, 너무 정신 사나운
　　　　　　데 그만하면 안 돼요?

다카라이　　아, 네, 알았어요. (그만한다)

지카스기　고마워요. 좀 배가 고파지네요.

지카스기, 냉장고 안을 들여다보더니, 젤리 컵들이 담긴
봉지를 발견한다.
그중 하나를 꺼내, 뚜껑을 뜯어 먹으려는데.

다카라이　점장님, 그거 사람이 먹는 거 아니에요, 장수
　　　　　　풍뎅이 젤리예요.
지카스기　장수풍뎅이. 아아, 걔네 먹이예요?
다카라이　사람이 먹으면 탈 나요.
지카스기　진짜요? 아, 진짜요? 아, 먹어봐야지.

지카스기, 젤리를 먹기 시작한다.

다카라이　아아.
지카스기　맛있다, 너무 맛있어. 와, 너무 맛있어.

지카스기, 계속 젤리를 꺼내 우적우적 먹는다.
다 먹은 빈 컵은 툭툭 던져버린다.

다카라이　진짜요…? (먹어보고) 맛있네, 너무 맛있다.
　　　　　　장수풍뎅이들이 이렇게 맛있는 걸 먹고 살았
　　　　　　었네요.

지카스기   그러게요.

두 사람, 젤리를 먹고, 빈 컵을 계속 바닥에 버린다.
그때 가게 문이 열리고, 전형적인 카페 종업원의 유니폼
을 입은 시메노가 등장한다.

지카스기   어서 오세요….

지카스기, 갑자기 긴장하더니 삼바 모자를 벗고, 장식도
떼어낸 뒤, 주유소 모자를 쓴다.

지카스기   아. (밖을 가리킨다)
시메노   아뇨.
지카스기   …? (밖과 안과 밖을 번갈아 가리킨다)
시메노   아, 그게 아니라요.
지카스기   네?
시메노   저, 요 앞 카페에서 일하는 사람인데요.
지카스기   아. 아, 네.
시메노   (발 아래쪽을 보고) 여기, 젖었네요.
다카라이   아, 이건….
지카스기   아무것도 아니에요.
시메노   아.

시메노, 밖으로 나가버린다.

지카스기　어?

다카라이　예쁜데요? 데이트 신청해 보지 그래요?

지카스기　아니에요. 아아…. (수줍어하며 꾸물거린다)

그때, 시메노가 돌아오고, 이어서 네모리가 가게 안으로
들어온다.
문득 지카스기와 네모리의 눈이 마주친다.
무언가 예감한 듯, 두 사람은 가벼운 인사를 나눈다.

시메노　이분이 길을 찾고 계시길래 모시고 왔어요.

다카라이　아.

네모리　(시메노에게) 감사합니다.

시메노, 다음의 전개가 궁금한 듯, 조금 물러나 두 사람
을 지켜본다.

네모리　(지카스기에게 눈인사를 건네며) 그게, 저는
　　　　　네모리라고 하는데요.

지카스기　네모리 씨.

네모리　네. 여기, 지카스기 유타로 씨라는 분 계세
　　　　　요?

지카스기   전데요.

네모리   아, 네. 아, 지카스기 씨.

지카스기   네.

네모리   그렇군요.

예감한 바가 있다는 듯 두 사람은 서로를 마주 본다.

지카스기   아, 여기 앉으세요.

네모리   네, 그럼.

지카스기   차라도….

지카스기, 탕비실로 가려고 하는데, 이미 다카라이가 탕비실에서 보리차와 간식거리를 가지고 온다.

다카라이   차가운 보리차예요.

지카스기   감사합니다.

지카스기, 네모리에게 차를 건넨다.

네모리   아, 고마워요, 신경 안 쓰셔도 되는데.

지카스기   이거, 이 지역 디저트인데요, 한 번 드셔보세
            요.

네모리   (하나를 집어서) 마들렌이에요?

지카스기   네.
네모리   제가 아주 좋아하는 거예요.
지카스기   아, 다행이다.

지카스기, 네모리 앞에 앉는다.
다카라이, 손짓으로 시메노를 불러, 카운터 옆에서 같이
보리차를 마시며 두 사람을 지켜본다.

네모리   잘 먹겠습니다. (보리차를 마신다)
지카스기   (덩달아 꾸벅 인사하고, 본인도 마신다)
네모리   실은요. 저, 아들이 있는데요, 우리 아들이 제
            작업실에서 이걸 찾아왔더라고요.

네모리, 안주머니에서 엽서 한 장을 꺼낸다.

네모리   엽서요.
지카스기   아….
네모리   혹시 기억하세요?
지카스기   네….
네모리   여기 주소랑 이름이랑 한 문장이, 한번 놀러
            오세요, 라고 적혀 있어서.
지카스기   네. 죄송해요….
네모리   그래서 놀러 왔어요.

지카스기   아. 아, 네….

네모리   처음 뵙겠습니다. 나는, 당신의 형이에요.

지카스기   네. 처음 뵙겠습니다. 동생입니다.

네모리   아버지가 입원하셨다고 들었어요. 많이 힘들
            었을 것 같아요….

네모리, 문득 밖을 보고.

네모리   오늘도 많이 덥겠네요.

지카스기   네.

네모리   혹시, 나도 같이 병문안 가도 될까요?

지카스기   (끄덕이며) 네. 같이 가요.

네모리   아. (꾸벅 인사한다)

지카스기   아빠도 좋아할 거예요.

네모리   정말, 너무 늦게 찾아왔죠.

지카스기   (고개를 저으며) 보고 싶었어요.

끝.

또 여기인가

1판 1쇄 찍음 2025년 12월 24일
1판 1쇄 펴냄 2025년 1월 9일

지은이 사카모토 유지
옮긴이 이홍이
그린이 이도희
CD Nyhavn

펴낸이 안지미
펴낸곳 (주)알마
출판등록 2006년 6월 22일 제2013-000266호
주소 04056 서울시 마포구 신촌로4길 5-13, 3층
전화 02.324.3800 판매 02.324.3232 편집
전송 02.324.1144

전자우편 alma@almabook.by-works.com
페이스북 /almabooks
트위터 @alma_books
인스타그램 @alma_books

ISBN 979-11-5992-475-0 04800
ISBN 979-11-5992-244-2 (세트)

이 책의 내용을 이용하려면 반드시 저작권자와 알마출판사의 동의를 받아야 합니다.

알마출판사는 다양한 장르간 협업을 통해 실험적이고 아름다운 책을 펴냅니다.
삶과 세계의 통로, 책book으로 구석구석nook을 잇겠습니다.